Irene Pietsch

Durch & Durch Haydn

Mandamos Verlag

© 2016 Irene Pietsch

Illustrationen: alle Irene Pietsch
Umschlag und Buchinhalt:
Vorderseite: „Kronleuchter"
Rückseite: „Willy Haydn con padre"
Kapitelüberschriften: „Haydn" sowie
alle Bilder, Zeichnungen und
deren Bearbeitung©
Detaillierter Bildernachweis: Seite 200-201

Verlag: Mandamos Verlag UG (haftungsbeschränkt), Alte Rabenstr. 6, 20148 Hamburg

Herstellung und Auslieferung: tredition GmbH, Grindelallee 188, 20144 Hamburg

ISBN

Paperback   ISBN 978-3-946267-12-6
Hardcover   ISBN 978-3-946267-13-3

Printed in Germany
Das Werk, einschließlich seiner Teile, ist urheberrechtlich geschützt. Jede Verwertung ist ohne Zustimmung des Verlages und der Autorin unzulässig. Dies gilt insbesondere für die elektronische oder sonstige Vervielfältigung, Übersetzung, Verbreitung und öffentliche Zugänglichmachung.

Inhalt:

Der Versuch eines Wegweisers	7
Backhendl und Hendlback	11
Guck-Café mit Musi	27
Lustig ist des Haydn Leben	43
Kurswagen 771	53
Nach London der Seeluft wegen	69
Stockrosen und Energiespender	89
Zum goldenen Ballpoint	106
Après – London	122
Riesenrad	139
Haydn mehrstellig	153
Elle und Speiche	180

Der Versuch eines Wegweisers

Josef Haydn, oft gerne als Papst der Komponistenelite Europas apostrophiert, hat in sinfonischen Dichtungen menschliche Verhaltensweisen gemalt und auch zeichnerisch karikiert. In frei erfundenen Briefen und Depeschen berichtet er darüber an seinen Sekretär Grotschy in Wien.

Das Konvolut an Autographen gerät in die Hände eines Musikforschers, der es sich zur Lebensaufgabe gemacht hat, das Andenken an Josef Haydn wach zu halten, indem er dessen Musik und ihre Hintergründe an markanten Beispielen der Gegenwart erklärt.

Eine große Rolle spielt dabei die Sinfonie Nr. 82 mit der poetischen Bezeichnung „Der Bär", dem Begleiter unserer Kindheitstage in Märchen und Plüsch. Ihm haucht Haydn neues Leben ein.

Als Trost nicht ganz ausgedient, als machtvolle Kraft in der Finanzwelt gefürchtet, wie die Sinfonie Nr. 85 „La Reine" berichtet, mischt er in seiner Sinfonie Nr. 83 „Die Henne" den gesellschaftlichen Status quo mit kulturellen Novitäten auf, als er dem kosmopolitischen Hühnerhof eigentlich nur einen Höflichkeitsbesuch abzustatten gedenkt und in London einem neuen Energiestrom begegnet, der auf ihn und seine Umgebung nachhaltig inspirierend wirkt.

Zum Dank für die beispiellose Erfolgssträhne komponiert Haydn wenig später die heiter klingende Theresienmesse.

Irene Pietsch

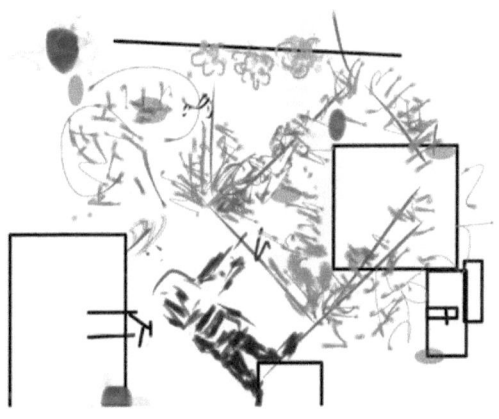

Backhendl und Hendlback

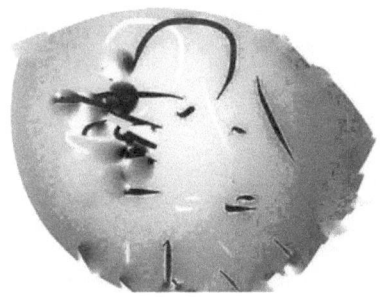

„Kennen Sie Haydn – Josef Haydn, der mit dem Wiener Schmäh und der Deutschen Nationalhymne?"

Das Abteil des Fernschnellzuges Berlin-Wien mit Kurswagen nach Warschau und Moskau ist unterbesetzt und dennoch gefühlt über den letzten Platz hinaus belegt.

Eine Dame und ein Herr sitzen sich in derart geschickter Beinanordnung gegenüber, dass eine Kollision als Notbehelf bereits jetzt abzusehen sein könnte, wenn die Charaktere es zulassen würden.

„Ich fahre demnächst nach Wien."

„Was für ein Zufall!"

„Kommen Sie aus Wien?"

Die Dame blickt aus dem Fenster, während sie spricht. Masten und Bäume fliegen, die Hochspannungsleitungen tanzen.

„Wenn Sie nach Wien fahren, sollten Sie Ihre Reise unbedingt vorher und währenddessen umfänglich thematisieren."

„Ich reise ungern nach Katalog."

„*Bitteschön – das lässt sich vermeiden. Nehmen Sie beispielsweise das „Kaiserquartett" vom Herrn Haydn. Mehr brauchen Sie nicht für den Anfang. Davor und danach gibt es noch sehr viel, aber im Kern haben Sie die Historie dann soweit erfasst, dass Sie gar nicht mehr aufhören mögen, mehr zu erfahren."*

Der Herr mit einem unüberhörbaren Akzent, der dazu verleitet, ihn Wien zuzuordnen, sieht angestrengt durch die fliegenden Masten und Bäume, sogar durch die tanzenden Hochspannungsleitungen hindurch auf die von Feldern durchzogene Landschaft, derweil ihn die Dame im Fenster beobachtet, als wenn es in kürzester Zeit die Frage zu lösen gälte, wie wichtig das Stillhalten der Füße angesichts von leeren Karaffen ist.

„Heißt es ‚von Karaffen' oder einfach Karaffen?" Der Konversationsansatz ist durch die Lautlesung von leise gesprochenen Gedanken nicht im Geringsten gestört. Ganz im Gegenteil.

Der Herr mit der Wiener Sprachintonation fühlt seine Reisephilosophie in halbwegs zufrieden stellender Gänze bestätigt, was ihm keine üble Ausgangsbasis für einige unterhaltsame Stunden scheint.

„Der Herr Haydn hätte das nicht besser fragen können, wenn er nicht so recht weiter wusste. Die Donaufrage war für ihn stets die kompositorische Antwort auf das Kräuseln der Wasseroberfläche als Anzeichen für starke Strömung darunter."

Gerade jetzt passiert der Zug wieder eine der kleinen Ortschaften, deren Bahnhöfe verödet sind, die Bahnsteige sauber gefegt und leer, die Schilder mit dem Ortsnamen nicht lesbar. Ohnehin ist die Fahrtgeschwindigkeit zu hoch, um mehr als einzelne Buchstaben erkennen zu können, die keinen Sinn machen.

„Welchen Ort haben wir eben passiert?"

„Gnädige Frau, ich hatte gerade keinen Blick dafür. Ich bitte um Entschuldigung. Wenn es Sie interessiert, könnte ich aber nachfragen, wenn die Kartenkontrolle kommt."

„Danke. Ich dachte, die so genannte Donaufrage könnte eine Rolle spielen."

„Wie darf ich das, bitteschön, verstehen?"

„Bei der Oberflächenfrage bin ich einigermaßen festgelegt."

„Das sehen Sie zu absolut. So hätte der Herr Haydn das nie und nimmer ausgelegt. Die Oberfläche muss nicht zur Zentralfrage aufgebauscht werden, wenn Sie nicht genügend Gründe dafür haben, sie übergangsweise als zweitrangig zu betrachten. Falls es Sie danach gelüstet, das Gegenteil zu bewundern – die Sezession steht Ihnen in Wien an jeder Ecke bis hinauf zum ‚Belvedere' zur Verfügung. Wie werden Sie denn anreisen, wenn Wien auf Ihrem Bildschirm erscheint?"

„Gemischt."

Der Herr hält seinen Unmut darüber, dass seine Heimatstadt so abgefertigt wird, als ob es sich darum handeln würde, in einem Schnellimbiss einen vorgefertigten Salat aus Großküchen zu bestellen, bewundernswert gezügelt.

Wien mit den filigransten Individuen, die es überhaupt diesseits und jenseits von überall, wo man gerade hinguckt, gibt! „Gemischt anreisen" - der Vergleich mit dem Salat ist nicht stark genug.

„Gnädige Frau - gemischt nach Wien anreisen, ist wie ein Backhendl vom Spieß statt aus der Röhre."

„Das muss wohl so sein."

„Schauen Sie", beginnt der Herr aus Wien seine Mission, nachdem er meint herausgehört zu haben, dass sein Backhendl Beispiel wenig Anklang gefunden hat und sucht nach geeigneteren Appetitanregern, um der Dame im Fernschnellzug Berlin-Wien mit Kurswagen nach Warschau und Moskau die Eigenarten des europäischen Festlandszentrums mit allen konzentrischen Kreisen ringsherum auf der respektiven Basis von Kunst und Kultur näher zu bringen, *„schauen Sie, was beinahe pathologische Selbstkritik betrifft – dafür sind wir Wiener berüchtigt!*

Übrigens ist mein Name Grotschy — Grotschy wie der berühmte Sekretär vom Herrn Haydn."

Herr Grotschy hofft, mit seiner Personalie die Stimmung anzuwärmen.

"Falls es von Interesse sein sollte - ich könnte Ihnen Geschichten erzählen, die Sie noch nie über den Herrn Haydn gehört haben."

Die Dame sieht weg, was Herrn Grotschy wenig beeindruckt.

"Wissen Sie - ich tu es einfach. Wir inhalieren eh ein- und dieselbe Luft."

„Das ist ja interessant."

"Sie können sich mir ruhig anvertrauen."

„Ich buche über mein Reisebüro."

"Ein eigenes?"

„Bei meiner regen Reisetätigkeit könnte ich es beinahe so nennen."

"Aber Wien gemischt — wenn ich Ihnen einen gut gemeinten Rat geben darf als Wiener: ‚Nehmen Sie alles andere, aber nicht gemischt. Das ist heraus geworfenes Geld. Viel schlimmer:

Es ist vergeudete Zeit. Wer kann sich das heutzutage schon noch leisten?"'

„Ich dachte an die Donaudampfschiffahrtsgesellschaft."

„Eine sehr gute Entscheidung! Eine von mehreren Möglichkeiten wäre die Hinreise über Ungarn. Die Donau ist dort nicht so stark kanalisiert. Sie können sich unterwegs umschauen, ob Sie ein paar Tage hier und da bleiben mögen und auf der Rückreise wieder an Bord gehen, um alles in der Retrospektive zu betrachten."

„Wie lange dauert das ungefähr?"

„Ich würde meinen, ein paar Wochen sollten Sie schon einkalkulieren. Etwas Entspannung an Deck muss man sich auch mal gönnen, sonst artet so eine Reise in Stress aus."

„Ich müsste mich erkundigen. Jedes Schiff hat seine technischen und baulichen Eigenheiten."

„Wenn Sie so wollen."

„Gibt es noch eine Alternative? – Mein Name ist übrigens Wykunda."

„Angenehm. Gnädige Frau – schauen Sie, ich bin Wiener – da denkt man sowieso in anderen Dimensionen. Ich beispielsweise würde nicht erst mit dem Dampfer nach Wien reisen. Sie kommen in Gefahr, allen Klischees zu erliegen, die über uns in Umlauf sind."

„Wie kommen Sie darauf?"

„Die Donau hat so viele Schleifen, dass Sie meinen könnten, alles ende in einer Kokarde, was keineswegs stimmt."

„Ich habe es nicht so sehr mit Schleifen."

„Sehen Sie, das habe ich geahnt. Umso besser. Dann können Sie ebenso gut einen beinahe geraden Umweg machen.

„Wie das?"

„Ich versuche es klassisch zu erklären:

Stellen Sie sich vor, Rapid Wien hat sich unlängst die Meisterschaft im Spiel gegen Klagenfurt einfach durch die Finger rinnen lassen!"

„So viel Verve um ein paar Elfmeter mehr oder weniger kann ich schwer nachvollziehen."

„Das sagen Sie so einfach daher - gnädige Frau, Sie kommen unter Umständen zum falschen Zeitpunkt nach Wien, wenn Sie die Tickets direkt bei der Dampfschifffahrtsgesellschaft kaufen – haben Sie bereits gebucht?"

„Vorreserviert."

„Also bitteschön, da haben Sie jegliche Möglichkeit, davon zurückzutreten und sich eine Bahnfahrkarte mit Bahnsteigkarten für unterwegs zu besorgen. Die interessanteste Streckenführung ist die von Ost nach West, wenn es nicht von West nach Ost sein soll."

„Eine Kooperation deutsch-österreichischer Netzkarten?"

„So eine Art Bahnhofshoping.

Frau Wykunda stutzt. Sie ist von Natur aus für korrekte Aussprache.

Herrn Grotschys „Bahnhofshoping" findet sie jedoch von so tiefem Sinn erfüllt, dass sie es als wahrhaftige Meinung durchgehen lässt.

Der Herr mit dem Haydn Input lässt sich von Frau Wykundas Gewissensmarathon in neuer persönlicher Rekordzeit nicht tangieren, was ihm anzumerken ist.

„*Es lohnt sich*", schaltet er sich in die Bestzeit von Frau Wykunda ein.

„*Das Gepäck können Sie ganz commode nach Wien vorschicken und Sie selber kommen hinterher, wann Sie wollen. Vorher anmelden tät ich's in Ihrer Stelle allerdings schon. Nur, weil man die Richtung wissen müsste.*"

„Von wo?"

„*Von der äußersten Grenze Mährens, da wo schon Gras über die Grenzschlagbäume wächst, immer weiter nach Westen. Sie können gar nicht anders. Die Züge sind auf die Strecke verpflichtet. Ausweichmanöver gibt es nur per Signalverständigung.*"

„Und weiter?"

"Wenn Sie meinen, Sie sind in Kanada, ist es gerade recht. Das ist Böhmen mit seinen großartigen Bauwerken. Wo andere als Visitenkarte lediglich eine Hausnummer haben, sind in Böhmen oft genug goldene Kuppeln. Ich könnte Ihnen noch mehr erzählen. Der Herr Haydn kannte seine Leut' schon."

„Von Wien aus?"

„Wie wollen Sie das trennen? Eigentlich müssten Sie sowieso in Prag verweilen, wenn Sie schon dort in der Gegend sind, und Sie kommen ja da nicht dran vorbei, ohne in der Gegend von Prag gewesen zu sein.

„Das ist mir zu hektisch. Dafür muss ich mir das nächste Mal mehr Zeit nehmen."

„Dann halten Sie jetzt schon mal Ausschau, wo Sie später hinreisen wollen und verschaffen sich einen ersten Eindruck. Wenn's nach einer guten Weile in der platten Ebene hügelig wird und die Berge sich mit einer stattlichen Anzahl von Burgen regelrecht gefestigt zeigen, dann sind sie wahrscheinlich in Böhmen. Den besten Ausblick hat man von da oben."

Herr Grotschy guckt aus dem Fenster und legt dabei seinen Kopf auf die Schulter, damit er besser sehen kann, wo draußen oben ist, falls es gerade einen Berg mit einer Burg zu bewundern geben sollte, was nicht der Fall ist, weil der Fernschnellzug sich derzeit auf freier Strecke im weiteren Umkreis von Berlin, aber noch im Bereich der Streusandbüchse befindet.

"Vielleicht ergibt sich alles in ein paar Stunden günstiger."

„Wenn wir uns Wien nähern?"

"Ich könnte dort auf Sie warten, wenn Sie von Ihrer Reise nach Prag zurück kommen und Sie durch das verwinkelte Gassensystem der äußeren Altstadt in ein Wiener Kaffeehaus führen, das es in Böhmen und Mähren nur anders gibt."

Guck-Café mit Musi

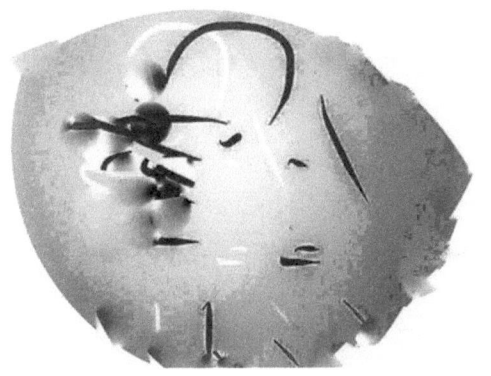

„Ein Wiener Kaffeehaus – davon habe ich in höchsten Tönen schwärmen hören. Soweit ich verstanden habe, ist es gehobenes Standardprogramm für Jungakademiker und Mittelstands Publikum mit avanciert intellektuellem Anstrich."

„Gnädige Frau, ein Wiener Kaffeehaus ist niemals Standardprogramm! Ich weiß nicht, wer Ihnen das erzählt hat. Eine Niedertracht ist so etwas, Sie in die Irre zu führen. Vermutlich war es ein Neuwiener. Ich kenne meine Leut'!

Die haben ein Gespräch mit Ihnen gesucht und dabei die falsche Person angesteuert. Man könnte sagen, das ist ein Berufsunfall. Nehmen Sie es nicht persönlich, wenn Sie es nicht irgendwo gelesen haben sollten, was ohnehin genauso sträflich wäre."

Frau Wykunda ist entschlossen, dem Ersuchen des Herrn Grotschy Genüge zu tun, wie sie es sich als Berufstätige, die mit zerbrechlichen Kulturgütern ihr Auskommen verdient, nur leisten kann. Im Falle der Umsetzung ihrer Wienpläne, wird sie sich von der legendären Wirkung eines historischen Wiener Kaffeehauses überzeugen, was sie in ähnlicher Form Herrn Grotschy gegenüber verbalisiert.

„Ich muss einen einzigen, aber wichtigen Vorbehalt machen: Ganz Wien steht noch immer Kopf wegen der grünen Skisaison bis weit nach Ostern und jetzt folgt bereits unmittelbar darauf die Sache mit dem Fußball.

Die Aneinanderreihung der Ereignisse – gnädige Frau, ich muss aufrichtig zu bedenken geben, dass Ihnen unter Umständen ein grundfalscher Eindruck vermittelt wird."

„Was hätte denn Haydn dazu angemerkt, wenn er Rapid Fan gewesen wäre?"

„Der Herr Haydn? Der hat sich keine einzige Meisterschaft zwischen den Fingern durchrinnen lassen, so wahr ich hier mit Ihnen im Fernschnellzug Berlin-Wien in einem Abteil des Kurswagens nach Warschau und Moskau sitze!

Wissen's, am besten Sie fahren ein anderes Mal nach Wien. Jetzt ist nicht die rechte Zeit. Normalerweise sind die Straßen schwarz vor Menschen, aber heuer..."

„Wegen Rapid?"

„Sie sitzen in den Kaffeehäusern."

„Und trauern?"

„Na, wenn schon, dann erregen sie sich. So eine Schmach kann man sich nicht entgehen lassen! Ich möchte das für Sie etwas ausführlicher erklären, damit Sie uns verstehen lernen:

Dem Wunsch eines Besuchers nach Muße für das innere Gleichgewicht als Waagschale zum äußeren Geschehen, um Kalamitäten parieren zu können, wird durch eine traditionelle Institution wie einem Wiener Kaffeehaus am besten Rechnung getragen."

„Ich verstehe."

„Warten's. In einem eigens zur Eindämmung, wenn nicht gar Verhinderung unangenehmer Besonderheiten in Abläufen von geschichtlichem Ausmaße, ist das Kaffeehaus wie ein geistig-emotionales Herbarium mit prosperierenden Aussichten auf eine Promotion für das Recht auf einen Palmenhaus Status oder eine Orangerie Verglasung im Winter."

„Aha, deswegen der Zulauf gerade jetzt."

„So warten's doch! In einem Wiener Kaffeehaus können Befürchtungen und Wunschdenken in die eine oder andere Richtung gelenkt werden."

„Von Ost nach West?"

„Na, das habe ich so nicht gesagt. Das Talent, sich in die Sprachfärbung eines Kaffeehauses einzuhören, ist unter günstigsten Umständen ererbt, muss es aber nicht unbedingt sein, weswegen - bittschön - ein Kaffeehaus diplomatische Dienste durch sanft zwingende Einflüsse leistet, die an der Eingangstür anfangen und derart aufbereitet sind, dass sich jegliche Hektik verbietet.

Sogar Kaffeehaus Archetypen wie Weltverbesserer müssen sich dem Comment eines Wiener Kaffeehauses beugen, um geborene Diplomaten nicht in die Verlegenheit zu bringen, sich ihren Kaffee am Schreibtisch servieren lassen zu müssen, was zwar ganz generell einen weiter führenden Dialog beinhaltet, der jedoch wegen des fehlenden Echos zwangsläufig lückenhaft bleiben muss.

Das kommt zwar äußerst selten vor, aber es könnte sein, dass Sie damit konfrontiert werden, wenn es zu einer unbotmäßigen Kumulation von gesteigertem Bedürfnis kommt, dem eigenen Unmut Luft zu machen.

Schauen Sie, gnädige Frau, die Beherrschtheit ist ja ein Training, die ab und an einiger Lockerungsübungen bedarf, die auch mal halb daneben gehen können, wenn die Umstände günstig sind.

„Was würden Sie denn als ‚günstige Umstände' bezeichnen?"

„Ich versuche, für Sie das Beispiel anders zu formulieren, damit Sie den Herrn Haydn und seine Zeit erspüren können: ‚Wenn jemand einen Apfel fallen lässt und er hat nur eine Druckstelle abbekommen, dann ist das günstig.'

„Soll ich das als Kritik verstehen?" Frau Wykunda ist leicht düpiert und denkt gar nicht daran, es in irgendeiner Weise zu verbrämen.

„Aber nein! Wo denken Sie hin! Leut' wie Sie sind uns sehr angenehm. Nur bedenken Sie – das A und O sind die Hin- und Rückreisemodalitäten. Die sollten schon die erste Wahl sein, egal welches Vehikel Sie präferieren."

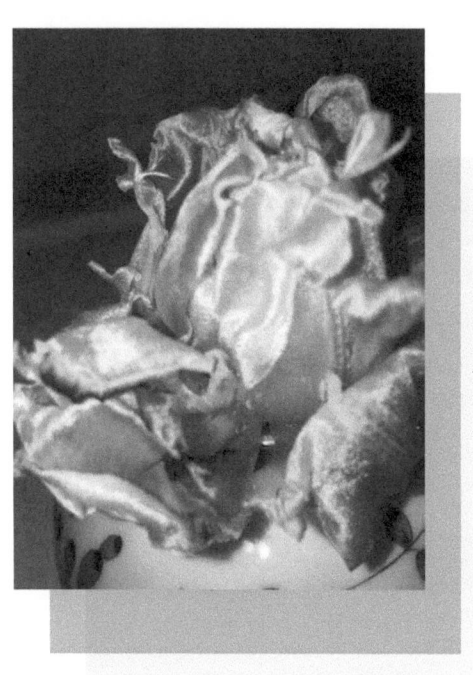

Herrn Grotschys Mahnung ist nicht unbedingt wörtlich zu nehmen. Er leitet sofort zu sehr konkreten Vorschlägen über:

„Gnädige Frau, was ich Ihnen sage, nach Wien sollte man mit einem Ufo kommen, vorbei an Schwechat und dem Künstler Kraftwerk, über der Schnellstraße ganz entspannt bis zum Stephansplatz einschweben und dort in eine Droschke umsteigen, die Sie ohne Bedenken für den Rest Ihrer Reise gebucht halten können. Ich weiß, wovon ich rede."

Genau das ist Herrn Grotschy ohne Lupe überdeutlich anzusehen.

Ganz nebenbei: Der Herr Haydn hat das ebenso gehalten."

Frau Wykunda fühlt sich ein wenig in die Defensive drängt:

„Soll ich das als einen Wink mit dem Zaunpfahl verstehen, einen möglichst großen Bogen um Wien zu machen oder nach ein paar Schleifen mit dem Heißluftballon einzuschweben?"

„Aber wo denken Sie hin! Wir Wiener sind völlig unvoreingenommen. Was alles über uns kolportiert wird! Das würde inzwischen Jahrhunderte an Kongressen füllen!"

„Ich kenne das aus meinem Beruf als Porzellan Doktorin mit eigener Klinik."

Herr Grotschy erhebt sich andeutungsweise von seinem Platz und macht eine Respekt bezeugende Verbeugung.

„Meine Examensarbeit habe ich über ‚Der Schutz von Oberflächen auf Dorfteichen und die Konsolidierung durch Entenfutter' geschrieben."

„Was Sie nicht sagen! Das hätte ich gerne ins klassische Österreichisch übersetzt!"

„Wer hindert Sie daran? Mein Skript ist in Hannöverschem Deutsch, also beinahe 1:1 übertragbar.

Es gibt sicher auch bei Ihnen kostbare Teile, die Geschichten erzählen, dass es einen jammert, wenn man am Bruch erkennt, wie sie entzwei gegangen sind.

Alle Beschädigungen sind Tragödien von ergreifendem Ausmaß, dennoch nehmen sich nicht wenige wie ein Sonntagsgespräch über den erhöhten Gartenzaun als opera seria in Dreifachbesetzung aus!

„Also, gnädige Frau, das ist wirklich wunderbar ausgedrückt! Darf ich mir ihre ‚opera seria in Dreifachbesetzung' für meine Metaphersammlung notieren?"

Frau Wykunda nickt huldvoll und bemüht sich auf eindrucksvolle Weise, Herrn Grotschys Sammlung zu bereichern, indem sie aus ihrem Erfahrungsschatz mit klinischen Rettungsversuchen von lebenswichtigen Kulturgütern detailliert berichtet:

„Wenn von der Deckelvase eines Erbstückes ein Schneeball einfach abbricht, weil man den Unterstelltisch zu ruckartig bewegt hat - und das auch noch eigenhändig - dann habe ich in der Regel mit einer besonderen Herausforderung zu tun, die keinen Anlass für ein Salongespräch bietet, es sei denn, die Eigentümer bitten explizit darum."

"Genau - das ist die Situation in vollem Umfang! Beinahe haben Sie à la Vienne gedacht!"

„Es geht ja eigentlich um Mondiales. Da sind Sie in Wien traditionsgemäß einige Nasenlängen voraus."

"Gnädige Frau, ich werde Ihnen ein gutes Beispiel für Ihr Argument geben, das Sie nie vergessen werden. Die Sissi zum Beispiel. Die war gar nicht von Wien. Die kam aus Bayern. Alle Leut' mussten darben. Die Sissi mit ihren ausgekochten Fleischgelüsten! Kein halbwegs normaler Mensch konnte davon satt werden."

„Da kenne ich mich als Gelegenheitsvegetarierin zwar nicht wirklich gut aus, was aber nicht heißen soll, dass ich mich nicht überall zurechtfinde, wenn nicht gerade verdeckte Querverbindungen den Handlungsbedarf versperren."

„Stammen Sie etwa aus der schönen Gegend, wo die Sissi herkam?"

Herr Grotschy betrachtet seine Zufallsbekanntschaft mit äußerstem Misstrauen.

„Dann will ich nichts gesagt haben. Man kommt bei gemeinsamen Interessen leicht mal ins gedankenlose Plaudern."

Frau Wykunda kontert kühl:

„Kennen Sie Grotschy?"

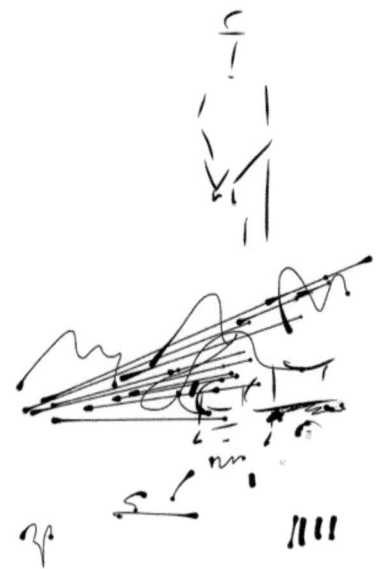

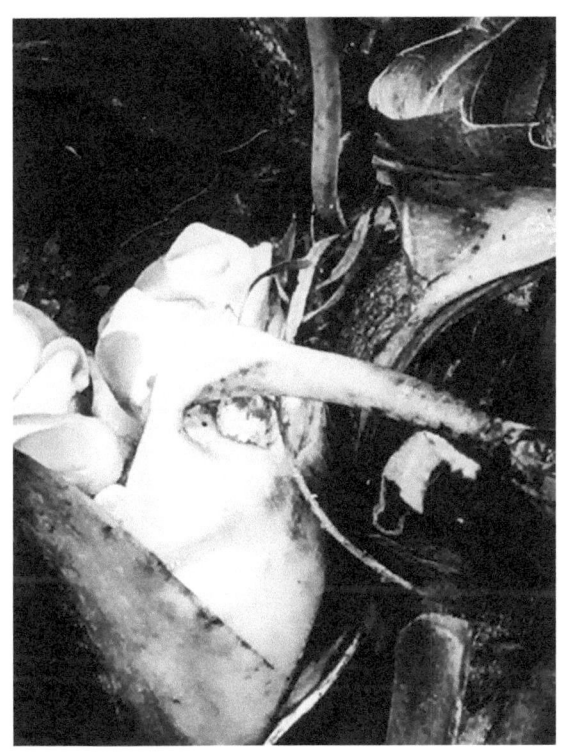

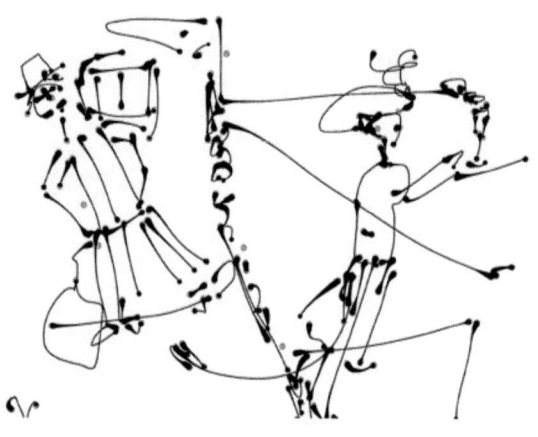

Lustig ist des Haydn Leben

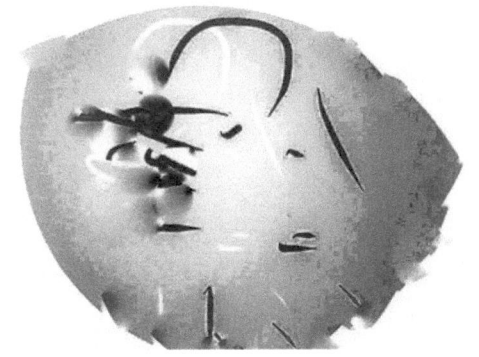

Herr Grotschy ist auf ein sich abzeichnendes Kreuzverhör nicht vorbereitet, was sich darin äußert, dass er zu einer Zeitschrift greift, die auf der Handgepäckablage liegt und die Hauptstationen des Fernschnellzuges farbenprächtig in Bild und Wort illustriert, als durchquere der Fahrgast per Flanierkarte frühherbstliche Weinberge und Wälder im Habit eines Altweibersommers.

„Sie kennen Grotschy also nicht", konstatiert Frau Wykunda. „Dann fehlt Ihnen ein wichtiger Baustein in Ihrem Wissen. Da, wo ich herkomme, ist der Name nicht gerade revolutionär selten."

Herr Grotschy lässt das Magazin langsam, sehr langsam auf die Knie sinken, bis es sich von selber in voller Schönheit öffnet und flatternd zu Boden fällt, um eine Landkarte von Deutschland, Österreich, Polen und der Russischen Föderation im Maßstab 1:Microchip preiszugeben, der in etwa dem entspricht, was Frau Wykunda sich gedacht hat, als sie gleich nach Berlin aus dem Fenster blickte und es jetzt nach wie vor hin und wieder tut, wenn Herr Grotschy sie nicht gerade in einen neuen Gesprächsanlauf verwickelt.

Demnach wäre es nicht unbedingt auszuschließen, dass die Grenze vom Osten Mährens zur Ukraine entweder schon hinter den Reisenden liegt oder aber gleich nach der nächsten Biegung in Sicht kommt, wenn das Magazin es beim Weiterblättern erlaubt, was nicht den Tatsachen entspricht und für aufbauenden Gesprächsstoff zwischen Herrn Grotschy und Frau Wykunda sorgt.

„Grotschy im Osten?"

„Eher nicht."

„Ich habe ‚Südosten' gemeint, als ich ‚Osten' sagte. Vielleicht wissen Sie nicht, dass wir Wiener zum leichteren Verständnis für Ortsfremde ganz allgemein vom ‚Osten' sprechen, wenn wir jenseits der Karpaten meinen."

Die Geschmeidigkeit, mit der Herr Grotschy die kleine Parade der ungnädigen

Frau Wykunda stört, ist derart bewundernswert, dass sie sich wegen des nicht ganz ausgefochtenen Duells geschickt bückt und mit einem Handgriff Ordnung im Coupé schafft.

Sie reicht Herrn Grotschy das angestaubte Werbeheft, indem sie es noch ein paarmal knatternd hin- und her schüttelt, wobei sie anmerkt, sie wolle ihn unter keinen Umständen seiner Fachlektüre berauben. Vielleicht sammele er Hefte dieser Art, was nicht despektierlich zu verstehen sei. Sie als Porzellan Doktorin halte sehr viel von Printmedien mit anschaulichen Bildungseinblicken. Ihre Klinik gebe selber einiges für schulischen Anschauungsunterricht heraus, deshalb erlaube sie sich, ihm den Tipp zu geben, immer von der Heftung aus einmal nach rechts zu blättern und dann ganz zurück zum Anfang.

Im Übrigen läge ihr Grotschy ganz woanders. Frau Wykunda klopft mit dem Knöchel hart gegen die Scheibe.

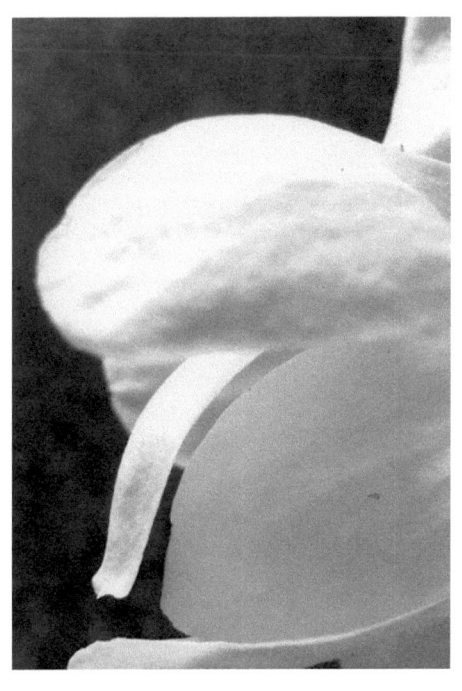

„Da draußen irgendwo. Ist das die von Ihnen angedachte Richtung?"

„Wir können uns bei dem Herrn Haydn treffen", lenkt Herr Grotschy ein.

„Ich kann Ihnen die Sinfonie vorspielen, deretwegen der Herr Haydn extra auf Reisen gegangen ist, um für seine Auftraggeber Anregungen in der Fremde zu sammeln. Nach sorgfältigen Recherchen habe ich die Einspielung vorsichtshalber selber moderiert.

„Wenn der Service durch ist."

„Bitteschön. Ich kann aber schon verraten, wo der Josef Haydn hingereist ist."

„Nach Moskau?"

„Na, das wäre eine politische Affaire allererster Güte gewesen. Der Herr Haydn und Moskau! Nicht einmal nach St. Petersburg hätte er sich vorwagen können! Die Verhandlungen darüber waren ja erst angefangen und stockten nach jeder Kommissionssitzung derart, dass eine neuerliche ins Leben gerufen werde musste, bis daraus wieder einmal das Vergnügen eines Kongresses aus

der Taufe gehoben wurde, was dem Herrn Haydn nicht wenig Freude bereitete.

Es war nicht minder unspektakulär, aber nicht ganz so auffällig abweichend von den Gepflogenheiten im damaligen Wien, nach London zu fahren, sogar wenn's halbwegs inkognito war.

Das hat dann entgegen der Einschätzung vom Herrn Haydn schon für genügend Furore gesorgt, um alle zu alarmieren, die Umwälzungen in der Musikgeschichte schon Jahre im Voraus spüren und sofort da sind, um sich die Rechte daran zu sichern, so dass bis zum heutigen Tage die bereits fertig abgelieferten wie auch zukünftigen Kompositionen vom Herrn Haydn ganze Heerscharen an Repetitoren mit ihren Ko-Repetitoren gut beschäftigt halten.

Sie werden die Hintergrundgeschichten in allen Einzelheiten hören, wenn ich Ihnen die jeweilige CD zu Gehör bringe."

Frau Wykunda drückt ihren Kopf gegen eine der Stützen aus unaufgeregt gemustertem Velours in gedeckten Farben und hält sich sehr steif:

„Ja, ja – Komponisten waren immer schon für Politthriller gut. Beispiele gibt es zuhauft. Beethoven…"

„Na, unser Beethoven!"

„Sehr geehrter Herr Grotschy, Sie irren! Es ist immer noch unser Beethoven!"

„Gnädige Frau, bittschön, ich bin Wiener. Wir streiten darüber nicht."

„Wir warten den Service ab."

Frau Wykunda hat die strittige Frage nur aufgeschoben, nicht aufgehoben.

„Dann spiele ich Ihnen das Stück vor."

Herr Grotschy entnimmt seinem Gepäck einen tragbaren CD-Player und stellt ihn auf das Fensterbrett neben seinem Sitz.

Danach sucht er nach geeigneten Anschlüssen und entledigt sich zur Erleichterung des schwierigen Unterfangens, unter der nicht hoch klappbaren Lehne seines Sitzes hindurch zu kriechen, des knitterarmen Jacketts aus feinem Zwirn, nicht ohne Frau Wykunda proforma um Genehmigung dafür zu bitten, die sich keinerlei Zwang antut und ohne grundlegende Bedenken zustimmt.

„Sind Sie Linkshänder?", schiebt sie noch nach.

„In der Schule hatte ich anfangs Probleme."

„Ich würde Ihnen sonst meinen Platz anbieten, damit es Ihnen leichter fällt, seitenverkehrt zu operieren.

„So schlimm ist es heute nimmer. Fast alles ist eine Frage der Gewöhnung. Im Restaurant bestelle ich mir normalerweise zwei Teller und eine halbe Portion auf jeden. Das ist bis jetzt beinahe immer ohne Nachfragen und einigermaßen zu meiner Zufriedenheit ausgeführt worden."

„Für rechts und für links?"

„Sie sagen es."

„Und wie halten Sie es mit der CD?"

„Die liegt eh in der Mitte – wenn Sie mich jetzt bitte entschuldigen würden."

Herr Grotschy taucht ab, kommt Frau Wykunda aber noch einmal ungefähr in Kniehöhe entgegen und versichert ihr, dass sie den rüden Abbruch des Gesprächs bitte nicht missverstehen möge. Er stehe sofort nach der Installation wieder für Auskünfte über das linkshänderische Verhalten zu Verfügung.

Kurswagen 771

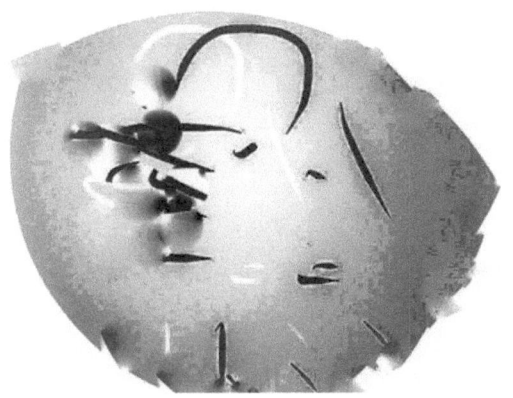

Der Haydnforscher Grotschy mit ausgeprägt missionarischer Musikbegeisterung ist gut erzogener, mitteleuropäischer Rechtshänder.

„Ist Ihnen die Klimaanlage angenehm", fragt er Frau Wykunda mitfühlend, die ihn bei der technischen Grundübung amüsiert beobachtet.

„Danke."

„Ich könnte sie adjustieren, wenn's konveniert."

„Der Schaffner hat sie ausgestellt."

„Das ist mir entgangen."

„Macht nichts. Ich kann damit leben. In der Porzellan Klinik haben wir auch jemanden, der sich um die Temperaturregler kümmert."

Der Service kommt und nimmt die Bestellung für den Speisewagen auf, wobei streng Pünktlichkeit angemahnt wird: „Das Essen wird auf den Punkt frisch zubereitet. Halten Sie bitte Kleingeld bereit. Wir können keine Devisen wechseln."

Herr Grotschy fühlt sich unanständig bevormundet und will sich mit einer passenden Antwort Autorität verschaffen, als auch schon die Schiebetür des Abteils von außen mit Nachdruck geschlossen wird, dass die Gummipuffer nachgeben und es zu einem dumpfen Knall kommt.

„In einer Stunde sind wir sowieso auch mit der CD durch", kommentiert Herr Grotschy den Versuch, dem Kurswagen 771 nach Warschau und Moskau des Fernschnellzuges Berlin-Wien fremden Willen aufzuzwingen.

„Ich will ja kein Spaßverderber sein, aber im Gang sind die Fenster auf", merkt Frau Wykunda an. „Man kann schlecht hören, wenn die Tür wieder aufgemacht wird, was aber nicht heißen soll, dass ich generell gegen ein Stimmungskonzert zur Mittagszeit bin."

„Also bitteschön, gnädige Frau, ich werd' mich gleich darum kümmern, wenn ich die aufwändige Technik für den CD-Player zu unserer Zufriedenheit aufgebaut und vernetzt habe."

Herr Grotschy werkelt und zieht immer neue Verbindungsschnüre und Kontakte aus seinem Handgepäck.

„Einfach- oder Schukostecker?", bringt sich Frau Wykunda sachkundig ein, um zu bezeugen, dass sie Herrn Grotschys Anstrengungen zu würdigen weiß.

„Weder – noch."

Er legt die CD ein und spielt sie im Zeitraffer um ein Andante vor, um die prognostizierten 55 Minuten exakt einhalten zu können. Dann reicht er Frau Wykunda die Kopfhörer, mit denen sie auf die Schnelle nichts anzufangen weiß und sich ihrer in Unkenntnis der Technik, die außerhalb ihrer praktischen Intelligenz liegt, unsachgemäß bedient.

„Gnädige Frau – so nicht. Wenn Sie umgekehrt in die Aufnahme hinein hören, werden Sie mich nimmer wiedererkennen!"

„Man kann jemanden sowieso nicht gut genug kennen, auch wenn die Technik erwartungsgemäß funktionieren sollte", widerspricht Frau Wykunda.

„Mir wäre es lieber, Sie öffnen die Tür und schließen das Waggonfenster. Das erweitert mein subjektives Hörgefühl und ist auch sonst angenehmer."

Sie versucht ihren Kopf in einigermaßen gut ausgewogenen Abständen zwischen die beiden dafür vorgesehenen Stützen zu legen, was Herr Grotschy bemerkt und sie aus der Ruhestellung wieder aufschreckt.

„Na, ich bitt' Sie! Das ist beinahe live! Ohne Kopfhörer! Aber ganz wie Sie wünschen. Kann ich sonstwie zu einem angenehmen Hörgenuss beitragen?"

Herr Grotschy betrachtet Frau Wykunda wie ein Gymnastiklehrer, der ungewollt Überstunden machen muss.

Warten Sie, ich zieh Ihnen noch den anderen Sitz aus, dann können Sie die Beine hochlegen."

Frau Wykunda setzt sich noch ein bisschen senkrechter, presst ihren Rücken gegen die gepolsterte Abteilwand und zieht beide Beine artig an, so dass Herr Grotschy aus dem gegenüber liegenden Sitz eine Liege zaubern kann, die allerdings die Bewegungsfreiheit im Abteilgang stark einschränkt.

„Warten Sie, ich muss nur noch auf meinen eigenen Platz."

„Vielleicht sollten wird doch die Plätze tauschen, wenn wir mit der Kontrolle unserer Fahrausweise durch sind?"

„Wenn Sie nicht öfter aufstehen als ich, wäre das eine gute Idee. Ob sich die Frequentierung des Kurswagens ab Wien dann zu unseren Ungunsten ausnimmt, wird sich zeigen."

„Ihre Aufmerksamkeit in allen Ehren, aber ich kann beim besten Willen nicht jetzt schon sagen, wie oft ich aufstehen muss."

Herr Grotschy trifft in aller Umständlichkeit Vorbereitungen, auf den Platz von Frau Wykunda umzuziehen, was insofern von Beginn an wenig überzeugend wirkt, weil die Länge des Kabels nicht für einen Platztausch ausreicht und der Vortrag der moderierten Haydn Musik keinesfalls unterbrochen werden darf. Mehr als einen Satz traut sich selbst Herr Grotschy nicht, dem Josef Haydn zu streichen.

Es bleibt bei der alten Ordnung. Die Kabel sind an Herrn Grotschys Geschicklichkeit gekoppelt und Herr Grotschy an die Handhabung des CD-Players.

Es bleiben noch rund 40 Minuten für die Musik, gerade genug, um einen ersten Eindruck zu bekommen.

„Der Josef Haydn, seines Zeichens größter zeitgenössischer Komponist Europas, hat inzwischen mit einigen Messen und großen Sinfonien eine Musikschöpfung vorzuweisen, die ihn in vielen Jahren seiner Auslandserfahrung beinahe zwangsläufig zum Forscher werden lässt", beginnt Herr Grotschy sein musikhistorisches Referat auf der CD, das er murmelnd begleitet, wie um sein Gedächtnis zu überprüfen und in Stereo vorträgt:

„Er sträubt sich nicht lange..."

„Er sträubt sich nicht lange. Der Herr Haydn, natürlich", wirft der leibhaftige Herr Grotschy ein.

„... gegen diese Erkenntnis und verlegt seinen Focus auf Weiterbildung in die Kulturmetropolen Europas, wofür er ganz primär Kontakt mit Collegien und assoziierten Mitgliedern in London aufgenommen hat, wo in Westminster seine neuesten Oratorien mit Interesse zur Kenntnis genommen worden sind, so dass einer baldigen Einstudierung nichts mehr im Wege steht, wenn die Texte in Oxford Englisch übersetzt worden sind", weiß Herr Grotschy von der CD zu berichten.

Herr Grotschy im Fernschnellzug mit Start in Berlin und Zielbahnhof Moskau schaut ins Fenster und sieht dort Frau Wykunda mit nachdenklichem Gesicht.

„Sagen Sie nur, wenn ich Sie ermüde."

Er seufzt, als wenn er sich einer kaum zu bewältigenden Aufgabe unterwirft, Frau

Wykunda das Leben in Wien und um Wien herum am Leben vom Herrn Haydn und seinem Sekretär Grotschy anschaulich zu machen.

„Aber nein, nicht im Geringsten. Ich kann Ihnen bis jetzt einigermaßen folgen. Mein Kenntnisstand in punkto Musikevolution ist ganz allgemein zu gering, um mir diesbezügliche Fragen erlauben zu dürfen."

„Hab die Ehre. Dann also… oder warten Sie. Gnädige Frau, wir haben den Wein vergessen. Ich werde nach dem Service sehen und danach meine Vorlesung fortsetzen."

„Meinetwegen brauchen Sie sich nicht zu bemühen. Sie sollten den Faden nicht verlieren."

„Das ist eine Erwägung, der ich Rechnung tragen könnte. Ist es Ihnen angenehm, wenn ich weiter vom ‚Haydn' und von ‚Grotschy' spreche oder soll ich die Namen variieren?"

„Wir können es bei Bedarf mit weiteren Spielarten versuchen. Falls neue Mitspieler dazukommen, bitte ich jedoch um Ansage", bringt sich Frau Wykunda bei der Entscheidungsfindung über die Variationen der Namen Haydn und Grotschy kreativ ein.

„Bitteschön, das lässt sich einrichten."

Worauf Herr Grotschy ein weiteres selbst gefertigtes Büchlein zur Hand nimmt, in das er Synonyme einträgt, sobald sie ihm über den Weg laufen. Laufen sie nicht, hilft er gelegentlich nach.

„Wie würden Sie den Haydn als Musiklaiin bezeichnen wollen, nach alledem, was Sie bisher von ihm und mir gehört haben?"

Frau Wykunda reagiert unwillig, was Herrn Grotschy ratlos macht.

„Gnädige Frau, wir befinden uns in einem rollenden Hörsaal. Wenn Sie so wollen."

„Ich will."

„Dann darf ich dem gemäß wieder in die Berichterstattung einsteigen, ohne von Ihnen unterbrochen zu werden."

„Ich würde den Herrn Haydn ‚Altmeister' nennen. Nicht, dass der Verdacht aufkommt, ich würde schlafen und nicht mitdenken!"

„Na – ‚Altmeister' – und der Grotschy?"

„Darüber müssen ganz alleine Sie sich Gedanken machen", wimmelt Frau Wykunda Herrn Grotschy ab, worauf der nach einigen Minuten konzentrierten Schweigens in gewohnt angenehmem Plauderton zur Lektion über Haydns Schalten und Walten zurückkehrt.

„Der Altmeister unter den abendländischen Komponisten mit vielschichtigem Lehrauftrag für Groß und Klein kennt derlei Bedingungen aus dem deutsch-slawischsprachigen Raum zur Genüge und überlässt es seinem Sekretär Grotschy, alles Weitere auf bilateraler Ebene in die Wege zu leiten, während er selber die nötigen Reisepapiere auf Fehlerhaftigkeit überprüft.

„Eine Art Gastprofessur?"

„So könnte man das nennen. Ich würde sagen, eine Gastprofessur ohne verbindlichen Auftrag mit Aussicht auf eine ordentliche Professur bei nachweislicher Bewährung."

„Das Konstrukt kenne ich zwar nicht, aber..."

„Sie können sich drauf verlassen, der Herr Haydn kennt sich aus.

Er geht systematisch nach modernsten Erkenntnissen vor, an denen der Grotschy auf seine Weise partizipiert und folgerichtig den klassischen Tintenlöscher im edlen Porzellangehäuse weiter entwickelt. Er trägt heimische Blütenblätter nach orchestraler Passigkeit zusammen und lässt sie konsistenz- wie farbschonend zwischen erlesenen Papieren soweit trocknen, dass sie danach unter allergrößten Vorsichtsmaßnahmen zusammen gesetzt und mit Gold verziert in Folianten wie wahre Schatzkammern gebunden werden können.

Was soll ich Ihnen sagen - der Herr Haydn ist schier begeistert."

Frau Wykunda begehrt, Näheres über den neuen Tintenlöscher im unverändert edlen Porzellangehäuse zu erfahren, ist jedoch bei Herrn Grotschy an der falschen Adresse.

„Ich habe mich in erster Linie um die Rahmengeschichte gekümmert", rechtfertigt er seine Wissenslücke. *„Es wäre aber im Bereich meiner bescheidenen Möglichkeiten, über bestimmte Beziehungen Näheres zu eruieren und Ihnen das Resultat meiner Erkundigungen auf dem Postwege zukommen zu lassen, wenn Sie damit einverstanden sind. ‚Frau Wykunda' – Würden Sie mir bitte den Namen buchstabieren und Ihre Anschrift nennen?"*

Frau Wykunda lächelt sphingisch.

„In der Nähe von Grotschy."

Nach London der *Seeluft wegen*

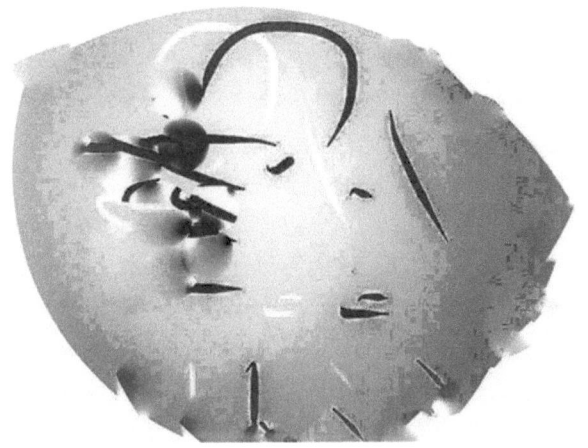

Frau Wykunda sieht keinen Grund, ihr Schweigen zu unterbrechen, um das stimmungsvolle Haydn Konzert zu stören, weswegen Herr Grotschy um das Schweigen der Frau Wykunda geschwind herum laviert und einen wirklichen Überraschungseffekt landet:

„Der Grotschy soll nicht schlechter gestellt sein als die sorgsam konservierten Blütenblätter, beschließt der Herr Haydn. Er darf sich inmitten der neu geschaffenen Musik Abteilung einer vertretungsweisen Alleinstellung erfreuen, während der Herr Haydn in London weilt, wo ihn der Direktor des Londoner Solariums, unter dessen Kuppel sich die schönsten Exemplare der globalen Rosenzucht zum bedeutendsten angelsächsischen Rosarium vereinigen, mit etlichen Würdenträgern empfängt."

Herr Grotschy hält inne, um Frau Wykunda Gelegenheit zu geben, die Akzeptanz des Vortrages hinreichend zum Ausdruck zu bringen.

„Können Sie die Würden und ihre Träger noch etwas genauer schildern?", erbittet sie denn auch eine Zugabe, die Herr Grotschy ohne Fehl und Tadel in zweifach abliefert: einmal etwas gedämpft vom CD-Player und live in lautem Vortragston.

„Ein stehendes Regiment von imposant kostümierten Pauken und Trompeten ist angetreten, um dem alpen- und burgenländischen Gast einen ersten Eindruck von angelsächsischer Gastfreundschaft zu vermitteln.

So war das damals."

Herr Grotschy steht auf und zieht sich sein Jackett an.

„Hält der Zug gleich?"

„Na – wie kommen Sie da drauf? Der Herr Haydn ist doch noch lange nicht aus London wieder weg.

Er ist mit gebotener Zurückhaltung verwundert. Aus seiner Kaffeehaus- und Burgenerfahrung kennt er bisher weniger imposante, denn putzig kostümierte Laubfroschkapellen, die sich so großer Beliebtheit erfreuen, dass sie über Jahrzehnte im Voraus gebucht und sogar in die weite Welt hinein verkauft werden.

Der trotz aller Vorsorge durch rechtzeitig angelegte Biotope mit Laubfrosch erhaltenden Einrichtungen immer wieder eintretende Notstand wird mühsam durch gewöhnliche Salamander behoben, was jedoch bestenfalls vergleichbar ist mit Sängerknaben des Mozarteums, die in den Genuss eines Hochbegabten Stipendiums gekommen sind und wenig musisch begabten Gymnasiasten einer vergleichbaren Einrichtung auf unbegleiteter Klassenfahrt.

Frau Wykunda ist mit dem Oberkörper von der Senkrechte in die Vorwärtsschräge gegangen.

„Kann das bitte noch mal wiederholt werden?"

„Das ist an dieser Stelle nicht direkt vorgesehen. Um was handelt es sich denn genau?"

„Um die Laubfrösche und die gewöhnlichen Salamander."

„*Da muss ein profundes Missverständnis seinen unglückseligen Anfang genommen haben.*

Ich habe die ganze Zeit vom Herrn Haydn gesprochen. Bei den Salamandern kann es beizeiten noch eine leichte Korrektur geben. Es könnte sein, dass sie spezialisiert waren."

„Wie ist der Herr Haydn denn auf die Laubfrösche gekommen, wo es doch viel edlere Vertreter der Spezies Frosch gibt?"

„*Sie müssen nicht jedes Wort dreimal umdrehen! Manches ergibt sich einfach so. Ich habe mir lediglich wegen des Erfordernisses von kontinentalem Englisch im Umgang mit seinesgleichen in London erlaubt, dem Herrn Haydn den Vergleich mit den Fröschen aus rein labialen Gründen in den Mund zu legen.*"

„Warum haben Sie ihm dann auch noch Salamander angedichtet?"

„*Gnädige Frau, so haben Sie doch Geduld! Den Salamander habe ich ja bereits zum Teil zurück genommen. Aber glauben Sie mir, was den Laubfrosch betrifft, der ist ohne Geselligkeit nur die Hälfte wert. Sie werden es erleben, wenn Sie eine Reise nach Wien unternehmen. Falls es dann überhaupt noch etwas Wissenswertes für Sie im Hinblick auf Kittungen gibt, werden Sie in einem Wiener Kaffeehaus alles Weitere dazu erfahren."*

„Genau das habe ich mir gedacht. Sie reden sich heraus."

„Sie kennen mich zu wenig. Ich habe mir nie das Herausreden zu Schulden kommen lassen. Sie müssen einfach mehr über die Traditionen im Zusammenhang mit dem Wiener Kaffeehaus wissen, um in den vollen Genuss meines Vortrages kommen zu können.

Regelmäßige Kaffeehausbesuche sind nämlich oft männlich und genauso unerlässlich. Eine Hemmschwelle könnte Berufsfremdheit sein, der durch eine Reihe von Hilfsmaßnahmen beizukommen ist."

„Dann erzählen Sie man weiter."

Frau Wykunda klingt wenig angetan, was hauptsächlich darauf beruht, dass Herr

Grotschy in einer urplötzlich einsetzenden Nachlässigkeit der sonst so exzellent beherrschten Selbstlosigkeit, sich Frau Wykunda und der internationalen Verständigung zuliebe im hochdeutschen Sprachduktus mit lediglich pastoser Wienerischer Sprachfärbung zu bewegen, ins Straucheln gerät, so dass die Geschichte zwar an Lokalkolorit zunimmt, aber doch zu Wünschen Anlass bietet, die mehr Richtung Verständlichkeit gehen.

„Sie mögen also keinen Wein?"

„Gehört das zum besseren Verständnis eines Wiener Kaffeehauses?"

„Zu jeder Geschichte gehört ein Glaserl Wein."

„Aha", sagt Frau Wykunda und stellt damit unter Beweis, dass sie aus der Gegend rund um Bayern kommt.

„Bitte schön, wenn's Sie stört, kann ich's auch lassen."

„Wenn es Ihre Musikbegleitung nicht behindert!"

„Wo denken Sie hin! Dieses ist eine hervorragende Digitalisierung der Original Platin Aufnahme von damals zum Goldenen Haydn Jubiläum, die ich heute nicht im Gepäck habe, aber Ihnen gerne bei anderer Gelegenheit vorspiele."

Herr Grotschy läutet nach dem Service und lässt sich auf der CD weiter zum Thema Josef Haydn in London aus:

„Eingedenk menschenmöglicher Unzulänglichkeit, bedankt sich der Herr Haydn für den Empfang auf originelle Weise, wie es von ihm in kleinen musikalischen Scherzen zur Belustigung von gut gelaunten Hoheiten und deren geladenem Auditorium bekannt ist.

Er entwickelt für die Blechbläser eine formschöne und taugliche Klemmvorrichtung für Noten, die an geeigneter Stelle auf die Instrumente gesattelt werden kann, so dass sie die Vibrationen der Instrumente nicht beeinträchtigt, sondern durch einige Saiten-Obertöne bereichert.

Die Dankbarkeit ist groß. Vorzeitiges Auswendiglernen von Stücken, bevor man um deren Einsatz weiß, entfällt damit. Stücke, die sonst nie zum Einsatz kamen, weil sie keiner memorieren konnte, erfahren einen Boom. Die Musikwelt bebt vor Neuigkeiten.

Eine interaktive Performance zwischen Spielern und Komponisten einerseits sowie Dirigent und Zuhörern andererseits wird in Aussicht gestellt, an der der Herr Haydn als Ehrengast mit eingeplant ist."

Frau Wykunda kann nicht verhehlen, dass ihr so viel Aufmerksamkeit für eine einzige Komposition von einem einzigen Komponisten etwas suspekt ist, was ihr der Herr Grotschy vor Ort nicht durchgehen lässt.

„Der Herr Haydn berichtet Grotschy in aller Ausführlichkeit von den ersten Tagen in London. Das ist verbürgt", kommt der Herr Grotschy Frau Wykunda zuvor, die schon den Kopf aus den Polstern gehoben hat, um sich Gehör zu verschaffen, falls ihre Zweifel noch wachsen sollten.

„So warten Sie! Ich habe da einen richtigen Leckerbissen, einen Originalbrief vom Haydn.

Von Historikern geprüft und mit Instituts-Siegel versehen. Den trag ich immer bei mir, damit er nicht abhanden kommt:

‚Lieber Grotschy!', heißt es da.

‚Die ersten Nächte waren sehr unruhig. Ich habe mich zwischen den Blumen der Sesselbezüge, der Gardinen, der Tapeten und meiner Bettdecke nicht recht einleben können.

Heute nun habe ich einen geblümten Morgenmantel bei einem mir empfohlenen Schneidermeister in Auftrag gegeben, der zur Beratung hierherkam und mich überzeugen konnte, dass dazu eine ebenso geblümte Weste in London der dernier cri wäre.'

„Dann scheint die Anprobe dazwischen gekommen zu sein. Der Herr Haydn setzt den Brief erst später wieder fort", begründet Herr Grotschy die Pause, die er sich gönnt, um kurz aufzustehen und sich zu recken, bevor er sich erneut über seine CD beugt, auf der Herr Grotschy währenddessen des Herrn Haydn modischen Ausflug in aller Anschaulichkeit geschildert hat.

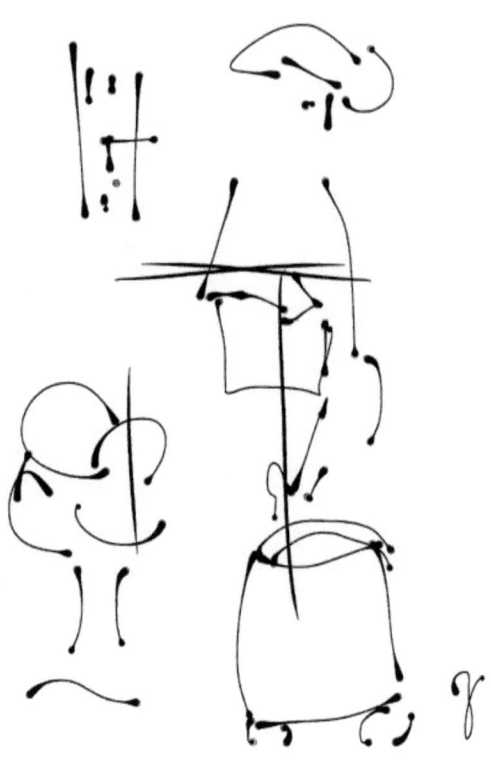

„‚Ich habe sogleich drei Westen bestellt, da der Aufenthalt hier länger zu werden scheint, als ursprünglich geplant. Die Rechnung geht an mein Büro im Burgenland. Es muss sicher gestellt werden, dass sie umgehend beglichen wird, sobald Sie von dem Eingang Kenntnis bekommen.'

Der Grotschy ist gemeint, aber das ist wohl selbst redend – oder?"

Herr Grotschy wirft Frau Wykunda einen strengen Blick zu und setzt sich über mögliche Fragen hinweg:

„Der Herr Haydn lässt ein Portrait von sich in der neuen Londoner Gewandung anfertigen, was im Staatsarchiv aufbewahrt wird. Dazu hat er einen Kommentar geschrieben, der ein klein wenig von seiner Persönlichkeitsstruktur offenbart:

‚Das beiliegende Portrait habe ich schnell und kostengünstig in eigens dafür hergerichteten Quartieren anfertigen lassen. Ich habe gerne die Ähnlichkeit mit mir bestätigt, obwohl zwischen Anprobe und Fertigstellung gerade genug Zeit war, einen Blick in einen der Pubs zu werfen.'"

Frau Wykunda ist fasziniert. Herr Grotschy ebenfalls, weswegen er die Lesung mit anschwellendem Stimmvolumen fortsetzt:

„‚War es Sorge um mein Wohlbefinden, gar um meine Reisepläne insgesamt, dass Sie mir verschwiegen haben, was mich morgens hier erwartet?' schreibt der Herr Haydn an den unentbehrlichen Sekretär Grotschy."

„‚Haben Sie um die liebenswerte Gepflogenheit gewusst, den Morgen zwischen aufgeschüttelten Kissen mit Tee im Bett zu beginnen und dennoch Ihre Pflicht vernachlässigt, eine Vorabinformation über meine Gepflogenheiten zu geben?

Ich will Ihnen zu Gute halten, dass Sie nicht vorhersehen konnten, wer mir den Tee serviert. Ich kann aber nicht umhin, Sie darüber aufzuklären, dass es mir äußerstes Missbehagen bereitet hat, mit einem ‚Earl Grey' konfrontiert zu werden und dazu mit heißer Milch aus dem Gießer, wo ich selbst zum Kaffee normalerweise Sahne nehme!

Nachdem ich mir den ersten Schluck auf der Zunge hatte zergehen lassen, konnte ich wieder einen klaren Gedanken fassen.

Ich meine, dass es ein Zeichen von besonderer Fürsorge ist, eine Kombination aus Kaffee und Tee herzustellen und bin bereit, einen großen Teil dieses Fehlers zu verzeihen, habe es dennoch nicht einfach so hinnehmen wollen und in der Londoner City stundenlang nach einem Instant Kaffee gesucht, den ich mir notfalls sogar mit kaltem Wasser zubereiten kann.

Ich bin in einem als ‚Farmacy' deklarierten Fachgeschäft fündig geworden, wo man die Bohnen in Handmühlen pulverisiert und habe mich in meiner Unterkunft sogleich stärken wollen, was zu einer mittleren Katastrophe führte.

Der Kaffeegeruch wurde als Brandherd missverstanden und löste Alarm aus. Immerhin war es gut zu beobachten, wie effizient dabei umgegangen wird. Das Kaffeepulver wurde konfisziert.

Ich habe mich jetzt für einen Tee entschieden, der bei mir keinerlei Assoziationen und Sehnsüchte nach Kaffeehäusern, Burgen oder dem Steffl auslöst, so dass ich Händel – oder auch anglisiert

‚Handel' - nicht in die Quere komme, worauf ich größten Wert lege, zumal er hier als Einheimischer durchgeht und ich als Deutscher, was einer Korrektur bedarf, deren Sie sich bitte in aller Umsicht annehmen mögen!

Meinen Entwurf für Zimbeln und Blechbläser Pince-nez lege ich zur Vervielfältigung bei. Es war ein kleines Dankeschön an das Empfangskomitee und seine Helfer. Die praktische Inbetriebnahme der Notenkneifer soll anlässlich eines festlichen Konzerts erfolgen.

Es steht zu vermuten, dass der offizielle Termin für die ersten Proben in ein paar Wochen bekannt gegeben wird, wenn es auch entgegen täglicher Versicherungen danach aussieht, dass daraus ein paar Monate werden könnten.

Außerdem lege ich ein paar interessante Papiere bei, die ich in Bondstreet gefunden habe. Sie erfreuen sich inzwischen internationaler Verbreitung und werden in ansprechenden Behältern gehandelt, die von Traditionsbewusstsein und Stilgenauigkeit zeugen. Wir könnten bei Gelegenheit in eigener Art davon profitieren.

Ich muss schließen, der Kurier wartet. In Zukunft werde ich Depeschen schicken. Heute war mir nicht danach. Ich brauchte ein Plauderstündchen mit Ihnen, weswegen ich diesen Brief ohne Datumsangabe schicke!

Leben Sie wohl!

Haydn‘"

Herr Grotschy stöhnt wohlig, Frau Wykunda nickt.

„Ganz wie bei mir in der Klinik! Man muss immer dranbleiben. Es gibt so viel zu reparieren!"

„Nur noch mal zu Ihrer geschätzten Information: Die Pince-nez waren neu!"

„Was Sie nicht sagen!"

„Hatte ich es mir doch gedacht, dass Sie verführt wären zu meinen, der Herr Haydn hätte sie irgendwo in London aufgetrieben."

„Was Sie nicht sagen!"

„Der Herr Haydn schreibt sogar noch einen zweiten Brief, der Ihnen gefallen wird, weil er mit

den Würden zu tun hat. Genau genommen entwirft er am Tag des undatierten Briefes den Text einer Depesche an seinen Sekretär und bringt sie alsbald auf den Weg:

‚Lieber Grotschy!

Bitte zusätzliche Blütenpresse anlegen und sich sofort auf das Land begeben. Tragen Sie unter aller Vorsichtswaltung ausgesuchte Blüten und Blätter aus der freien Natur zusammen, die unter keiner Bärenfellmütze Schweißrinnsale verursachen und keinem Tornister zu schwer sind.

Haydn.'"

Frau Wykunda fächelt sich Luft zu, was Herr Grotschy dahingehend versteht, dass sie ihm in seiner Vermutung Recht gibt, der Herr Haydn wäre im Umgang mit Porti etwas verschwenderisch.

Das Abteil riecht jetzt stärker als zuvor nach Frau Wykundas Parfüm.

„Wenn ich Sie so anschaue, gnädige Frau, dann meine ich, dass wir eine ähnliche Einstellung zu Geldsachen haben."

Frau Wykunda ignoriert den Einwurf und fächelt ruhig weiter.

„Der Herr Haydn gibt für diese und weitere Depeschen an den Grotschy ein kleines Vermögen aus, als er den Versuch unternimmt, geräumige Botaniktrommeln anschaulich zu beschreiben.

Sie sind wie eine kostspielige Fachausrüstung für Herren und Damen konzipiert, die bei so gut wie jedem Anlass und zu beinahe jeder Kleidung getragen werden können.

Und wenn Ihnen das immer noch nicht reicht — der Herr Haydn treibt es noch toller."

Herr Grotschy schaut Frau Wykunda geradezu herausfordernd auf den V-Ausschnitt der Oberbekleidung.

„Der Grotschy soll in einem erstklassigen Handwerksbetrieb zwei Prototypen in Auftrag geben. Einen für den eigenen Gebrauch und einen zu Demonstrationszwecken.

Die Intention vom Herrn Haydn ist, sie bei konzertanten und vokalisierten Intervallen zu nutzen, was den Fortgang seiner Reise inspirierend begleiten könnte.

Der perforierte Hohlraum ist dafür perfekt geeignet und wird sogar heute noch bei Massenveranstaltungen als Großrundflöte eingesetzt.

Unter uns, gnädige Frau, ich für meine Person hätte das nimmer getan! Ich hätte mir so ein Behältnis nie zugelegt. Mir reicht meine Aktentasche vollends!"

Stockrosen und Energiespender

Herr Grotschy, den Frau Wykunda schon gar nicht mehr zu beruhigen wagt, ist beinahe außer sich über das Verhalten vom Herrn Haydn. Nur ein Glas Wein kann die Situation retten. Es ist schon lange beim Dienst habenden Bahnpersonal in Auftrag gegeben worden, hat aber von Anfang an weder eine aussichtsreiche Zusage noch eine definitiv abschlägige Antwort erfahren.

Somit sitzt Herr Grotschy auf dem Trockenen und Frau Wykunda zwangsläufig mit ihm, was sie zu einem zaghaften Versuch veranlasst, den Redefluss von Herrn Grotschy auf logopädische Weise wieder zu beleben.

„Sie verbrauchen sich weniger, wenn Sie speichellos sprechen", ermuntert sie Herrn Grotschy sanft. Stellen Sie sich vor, Sie hätten eine Kurpflaume im Mund."

Herr Grotschy mag sich das ganz und gar nicht vorstellen.

„Na, wenn ich schon ‚Kur' höre- kommt pompös daher und nix dahinter."

Herrn Grotschy wäre Zwetschgenwasser eindeutig lieber.

„Der Herr Haydn ist manchmal nicht ganz g'scheit gewesen."

Frau Wykunda weiß so schnell nichts mit dem unvermittelt angezweifelten Geisteszustand des sonst doch so cleveren Komponisten Josef Haydn anzufangen, fasst aber genau deshalb sofort nach, was Herrn Grotschy grantig macht, sogar regelrecht in Rage bringt, so dass er an dem alten Herrn Haydn schon gar kein gutes Haar mehr lassen würde, wenn er nicht so ein hoch anständiger Kerl gewesen wäre, der Herr Haydn und er, der Herr Grotschy im Coupé allemal.

Frau Wykunda kann durchatmen. Herr Grotschy geriert sich wieder zum friedfertigsten Mitreisenden, den man sich wünschen kann.

Die Erwähnung der Kurpflaume hat keinen größeren Schaden angerichtet und Frau Wykunda nimmt sich vor, keinerlei Vorstöße mehr in Richtung Sanierung von Herrn Grotschys Verpflegung während einer vielstündigen Reise zu unternehmen, was Herr Grotschy schweigend begrüßt und in einer kleinen Ausführung darüber zu Haydns Gepflogenheiten Stellung nimmt:

„Der Herr Haydn selber hatte zu Trockenobst eine sehr private Beziehung", verrät Herr Grotschy Frau Wykunda.

„Aus eben dem Grund hat er es als Schmuck oder Nahrungsmittelergänzung abgelehnt, ist jedoch anderen Formen eines natürlich veränderten Aggregatzustandes - nicht ganz kritiklos - zugeneigt gewesen und befürwortete - mit Einschränkungen - sogar gläserne Früchte wie Blüten und ihre Blätter als Kerzenhalter in Kronleuchtern.

Eingelegtes fand er geschmacklos, solange nichts dazu gereicht wurde, was in Form, Farbe und Bekömmlichkeit damit abgestimmt war, so dass

nicht zu befürchten stehen musste, mit naturalisierter Synthetik ins übervolle Boot des Funswings geholt zu werden.

Gewürzgurken am Baum auf dem Christkindlmarkt – das ist doch eine Schande - sagn's selber!" Herr Grotschy schüttelt sich und verzieht das Gesicht, als hätte er den Mund voll Ascorbinsäure.

Frau Wyunda enthält sich der Stimme. Sie hat bereits Erfahrung gemacht mit Gurken als Baumschmuck und hält es nicht für opportun, die Herrn Grotschy auf seine neugierige Wiener Nase zu binden, was eh nicht in Herrn Grotschys Konzept passen würde, der ein Schriftstück zückt und sogleich anfängt, daraus vorzulesen:

‚Lieber Grotschy!

Erbitte auf dem schnellsten Wege je 4 Kaffeelöffel, 4 Dessertlöffel, 4 Suppenlöffel und 4 Gemüselöffel mit bekannten Stempeln von meinem Silberschmied bei der Burg.

Die Löffel müssen in etwa die Form eines Eierschneiders ohne Bespannung haben, um Erbsen die Skrupel vor dem Kullern zu nehmen. Das Problem drängt! Behelfe mich mit Fremdbesteck. Sehr umständlich!

Leben's wohl!

Haydn'

Schauen Sie selber!" Herr Grotschy trägt offenbar auch von dieser Depesche stets eine Kopie bei sich.

„Wenn Sie es immer noch nicht glauben wollen – hier noch eine."

Frau Wykunda ist weder besonders begriffsstutzig noch besonders gutgläubig. Sie versteht, dass der Herr Haydn wohl ein betuchter Herr Kompositeur gewesen sein muss und der Herr Grotschy, der sein Sekretär war, sich in allem auskannte, was ein Mann von Format wie der Josef Haydn zum Leben brauchte, wenn es hieß, mit Anstand und Zurückhaltung geschmackvoll zu repräsentieren, was er sich ohne viel Aufhebens so viel kosten ließ, dass es beständiges Komponieren voraussetzte, wofür er wiederum in Vorlage gehen musste und sein Sekretär wie ein Schießhund aufzupassen hatte, dass dabei alles seine Richtigkeit behielt.

Herr Grotschy, mit dem Frau Wykunda seit ein paar Stunden in mal mehr, mal weniger trauter Zweisamkeit das Sechs-Personen-Abteil im Kurswagen 771 Warschau-Moskau teilt, legt es geradezu darauf an, sie, die Dame mit eigener Porzellan Klinik in der Nähe eines bayerischen Ortes Grotschy darauf aufmerksam zu machen, dass er eine sachdienliche Mitteilung von Interesse zu machen hat, die den wichtigen Auftrag des Herrn Haydn in London betrifft.

„Gnädige Frau – nur, weil's mich dauert, dass Sie so gar nix Profundes vom Herrn Haydn und dem Sekretär Grotschy wissen – hier noch eine einzige Depesche:

‚Lieber Grotschy!

Ich weiß nicht, ob ich mich in der Anweisung von eben präzise genug ausgedrückt habe.

Die Löffel müssen wie Gabeln aussehen, aber die Bequemlichkeit der Aufnahme von beweglichen Speisen wie Löffel haben. Zolltechnisch können sie als „Galö" deklariert werden. Ich habe mich erkundigt und zuverlässige Auskunft erhalten.

Haydn'"

„Eine aufregende Rarität! Wo haben Sie die denn her?"

„Bittschön, ich will nicht unbescheiden sein, die Leut' in den Archiven waren's auch anwesend."

„Ein Haydn- oder ein Grotschy-Archiv?"

„Das kann man so nicht sagen."

„Darf ich raten?"

„Das ist gefährlich!"

Frau Wykunda ist nicht sonderlich erpicht auf gefährliche Situationen. Sie verhält sich gewissenhaft neutral neugierig:

„Wie geht es weiter?"

Genau auf diesen Animationsschub hat Herr Grotschy gelauert:

„Jetzt wird's nämlich erst eine richtige Geschichte – da in London bei all den fremden Leuten.

Was hat er alles schlucken müssen, der Herr Haydn! Das hält man heutzutage nimmer ohne Erzbeschwerden aus! Nicht mal die Engländer selbst, wo die doch sonst so zurückhaltend sind, sich gehen zu lassen, dass es schon zu befürchten steht, sie hätten sich auf ihrer Insel eingegraben und deshalb ein Rückmeldesystem mit internationalen Einsatzkräften erfunden, das im gegenseitigen Einvernehmen mit dortigen Organisationen wie ein Mann steht.

Wenn hier und da Ferien verordnet werden oder überschüssige Gleitzeit abgebummelt werden muss, wird es allerdings gelegentlich eng. Da stehen sie mucksmäuschenstill, aber voller Erwartung vor den Rückmeldungen an."

Herr Grotschy ist von Kopf bis Fuß Mitgefühl für den Karriere Komponisten seiner Wahl:

„Stellen Sie sich vor, da kommt der Herr Haydn von seinen Kaffeehäusern und allem Comfort, den man sich denken kann und muss nun sogar Bekanntschaft mit volkstümlicher englischer Hausmannskost machen. Porridge ist für ihn eher eine lästige Pflichtübung, die er mit Anstand wahrnimmt, um seine liebenswürdigen Gastgeber nicht zu kränken.

Fish and Chips hingegen erregen allergrößte Neugierde. Seiner maßgeblichen Kenntnis nach bietet kein einziges Kaffeehaus in ganz Wien Lebendigeres auf gedruckten Geschichtsbögen an als es bei Fish and Chips an beinahe jeder Ecke angeboten wird."

„Wirklich?"

Herr Grotschy schmeckt der rhetorische Einwand gar nicht.

„Eine Aneinanderreihung von Unzulänglichkeiten wie hier! Nicht mal ein Glaserl Wein bekommt man. Wenn's nur an den Devisen liegen würde, hätt' ich ja ein Einsehen, aber nun kommen auch noch Sie mit Ihren Zweifeln!

Ich werde Ihnen noch was zum Kaffeehaus sagen, damit Sie's endlich zufrieden sind.

Können Sie mich überhaupt verstehen?"

„Bis auf wenige Ausnahmen."

„Warum haben's das nicht gleich gesagt? All die Müh', die ich mir gegeben hab'!"

„So schlimm ist es nun auch wieder nicht. Wenn es ums Wiener Kaffeehaus geht und um den Herrn Haydn mit seinem Grotschy, bin ich jetzt schon hellhöriger. Das bringt meine Profession mit sich. Defekte kann man durch Klangprüfung des Materials am besten aufspüren"

„Bittschön."

Herr Grotschy schöpft nach Frau Wykundas Erklärung aus dem Vollen seines guten Willens.

„Als Einstiegshilfe dient der Herkunftsname des Kaffees aus der weiten Welt der Fortbewegung, wo Protest durch Gemächlichkeit demonstriert wird und renitente Beschleuniger eine rote Karte kassieren, was trotz aller Schilderungen seitens der Berater vor Ort eine anschauliche, nicht unbeträchtliche Kombinationsgabe an Vorkenntnissen von botanischen, geographischen und

sensorischen Möglichkeiten inner- wie außerhalb des Kaffeeanbaus und seiner Geschichte erfordert.

Selbst bei gut bis sehr gut ausgebildetem Vorstellungsvermögen ist es auch nach einer intensiven Einzelunterrichtung immer noch nicht gesagt, wie die mit aller Poesie beschriebene Kaffeezubereitung auf einer untrainierten Zunge schmeckt, was zunächst keinen genieren sollte. Zensuren werden nicht sofort erteilt.

Der Name des Kaffeehauses bürgt trotz eventueller Missbilligungsgesten der benachbarten Alteingesessenen, die wie leibhaftige Mängelrügen auf den Neuzugang im Kaffeehaus herabblicken, mit Nachdruck dafür, dass die Zubereitung in jedem Fall genießbar ist. Die Wahl aus dem Auf- wie Angebot daraus obliegt dem Gast."

„Also nichts für nonchalante Sonntagsspaziergänger?"

„Auf gar keinen Fall! Ein Kaffeehaus Besuch erfordert vollen Einsatz.

Behilflich ist dabei das Erlebnis von besinnlichen Musikdarbietungen an einem Piano Forte unter Mitwirkung von studierten Musikern und

Komponisten wie auch berufenen Studierenden der Examenssemester eines Konservatoriums.

Feierabend ist unter den Umständen ein überwie untergeordneter Begriff, vergleichbar mit Zwiebelrostbraten, weswegen ein Kaffeehaus immer nur vorübergehend zugesperrt wird, um der Gesetzeslage Genüge zu tun, den Kehricht wie Ablagen über, auf und unter den Tischen ihrer Bestimmung zuzuführen."

„Da habe ich Ihnen vorhin ja bitter Unrecht getan, als ich Sie in Verdacht hatte, die Vielseitigkeit eines Wiener Kaffeehauses in den Bereich der Niederungen eines Vergnügungsparks zu rücken."

„Also, bittschön, gnädige Frau, das habe ich gar nicht bemerkt. Wenn Sie mich nur nicht immer unterbrechen würden, wo ich gerade dabei bin, essentielle Merkmale aufzudecken, wie den Gegeneinsatz der Kreativszene zum Einsatz des professionell musikalischen Überbaus, der jedoch an Wochentagen wegen Einsätzen und Gegeneinsätzen an anderen Orten mit aufstrebenden Kaffeehaus-Ambitionen eher die Ausnahme

bleibt und Anlass für Vertröstungen durch Hinweis auf Ankündigen in der Tagespresse ist, deren Fahnen druckfrisch nahe der Garderobe hängen oder auf Tischen ausliegen.

Die Lektüre lohnt sich, um zu wissen, was gerade ringsherum für Gesprächsstoff sorgt. Lassen Sie sich nicht von der Geräuschkulisse irritieren. Das sind Pseudowichtigkeiten. Nehmen Sie sich Zeit und Muße, eine Zeitung von A-Z gründlich durchzuackern. Nur das bringt Sie weiter.

Der Grotschy hat das mit mindestens vier bis fünf Tagesblättern und drei bis vier Journalen getan. Von Magazinen mit hohem Bildanteil ganz zu schweigen. Sie können mir allen Ernstes glauben, dass der den Haydn in allen Fasern kannte und der Haydn den Grotschy und ich alles so erzähle, wie's war."

„Ich muss darüber nachdenken", entgegnet Frau Wykunda nicht unfreundlich.

Zum goldenen Ballpoint

Das ist eine signifikante Anzahl an wertvollen Informationen."

"Ich habe es doch gewusst, dass Sie g'scheit sind. So, wie Sie ausschauen! Jedenfalls geht die Geschichte ganz menschlich weiter."

Frau Wykunda ist der angekündigte Teilrückbau der Grotschy'schen Haydn-Theorie am Beispiel von Trockenfrüchten und ihrer sinnvollen wie missbräuchlichen Anwendung, dazu und/oder getrennt verschlungenen Verhaltensschemata für den Fall, dass sie sich in ein Wiener Kaffeehaus verirren sollte, ganz recht und macht umgehend Bekanntschaft mit Herrn Grotschys Feinfühligkeit:

"Gnädige Frau, wenn Sie die Geschichten lieber im Kaffeehausstil hätten – das lässt sich arrangieren. Ich erzähle erst noch über das ‚Gewusst wie' und dann geht's ohne Umstände wieder retour zum Herrn Haydn persönlich."

Frau Wykunda kann sich dazu nicht mal einsilbig äußern, als sich Herr Grotschy bereits erneut zu Sitten und Gebräuchen in Wiener Kaffeehäusern auslässt, damit Frau Wykunda den werten Herrn Haydn zu allermindest in den wichtigsten Nuancen verstehen lernt.

„Ein Prozess der Selbsterkenntnis wird in einem Wiener Kaffeehaus, in dem grob geschätzt die Hälfte der Betreuung aus Psychologie ohne vorheriges Lesen im Satz des gemahlenen und aufgebrühten Kaffees besteht, der hernach von solchem bereinigt serviert wird, durch die nicht zu aufdringliche Kontinuität von Bestellungen und die Reaktion darauf erzeugt."

Frau Wykunda nickt zustimmend. Herr Grotschy hat genau das richtige Sujet und den rechten Ton dafür gefunden.

„Unüberhörbare Menschenkenntnis und ebensolcher Sachverstand stellen keinen Bluff dar, sondern sind Appetitanreger für Wissensdurstige wie fertige und unfertige Literaten, eilige Vertreter artverwandter Metiers ohne den unverwechselbaren Original Wiener Kaffeehaus Stil, aber mit Schnellschreibkultur und Künstler jeglicher Couleur im Verein des beinahe geheimen Zirkels Basis orientierter Schauspieler

einiger ansässiger Staatstheater und deren ausländischer Pendants, dazu von allen viele, die alles noch werden wollen und vielleicht sogar mit probater Hilfe aller die Karriereleiter erklimmen können."

Dieses ist der Moment, wo Frau Wykunda Herrn Grotschy um Einhalt nachsuchen möchte, es aber unterlässt, weil er gerade so schön im Fluss ist und sie meint, auf diese Weise den besten Einblick gewährt zu bekommen, was für sie und nur für sie in Wien ein Geheimtipp sein und bleiben könnte.

„Das Kaffeehaus gilt einerseits als Hort von Traditionen, andererseits als Dreh- und Angelpunkt angesagter Bewegungen und macht es - wie eine geschlossene Gesellschaft mit weitem Horizont – zur kulturellen Mitte unseres Sozialgefüges."

Herr Grotschy lässt sich diese soeben gewonnene Erkenntnis auf der Zunge zergehen und schmeckt ihr genüsslich nach, bevor er weiter ausholt:

„Erste Fördermaßnahme für dessen Erhalt ist ein Raum, der den Komfort eines Traditionsclubs hat, in dem die Kultur von Sesseln wie auch stützfreien Stehplätzen gepflegt wird. Fußbänke hingegen sind nicht vorgesehen und sollten auch nicht mitgebracht werden, selbst wenn beabsichtigt ist, sie anderen zur Verfügung zu stellen.

Gnädige Frau können Sie mir folgen?"

Frau Wykunda folgt Herrn Grotschy jetzt beinahe auf Schritt und Tritt. Sie bekennt eine gewisse Faszination für das Thema und gibt grünes Licht für weitere Ausführungen, was Herr Grotschy mit Elan angeht:

„Den Herrn Haydn faszinieren in seiner Londoner Unterkunft die mille fleurs Polster eines Sessels, der seinem Zimmer das Gepräge eines intimen Salons geben soll und wo die Ideen vom Herrn Haydn auf wunderbarste Weise an Schönheit und Gestalt annehmen, so dass er umgehend ein angelsächsisches Austriogramm entwickelt, das er dem Grotschy per eiliger Depesche zur Umsetzung schickt.

‚Lieber Grotschy!

Ich nehme an, Sie haben das Silber bereits in Auftrag gegeben. Dringender ist jedoch die Bewerkstelligung des Prozederes meines beigefügten Organigramms.

Angelsächsisches Austriogramm

Fish & Chips

Daily News	*Blumenpolster*
Dorsch	*Chippendale*
(Vienna)	*Chips & Dal*
Dorsch vite	*Linsen*
(Imperial)	
Schillerlocken	*Equivalent*

DORSCH & DORSCH

Der Firmenname Dorsch & Dorsch muss ins Register eingetragen und als Patent geschützt werden. Bitte veranlassen Sie alles Notwendige umgehend.

Wohlergehen!

Haydn'"

Frau Wykunda ist beinahe überwältigt, wie der feinsinnige Herr Haydn aus der Ferne die ökonomischen Fäden zu kulturellen Schnürböden zwirbelt.

„Bei uns geht das nicht so schnell. Ich habe da meine eigenen Erfahrungen machen müssen, wie Grundsteine zu legen sind, bevor man Richtfest feiern kann."

„Sehen Sie, verehrte Frau Wykunda, der Herr Haydn war sehr bekannt. Da ging schon einiges im Vorweg, bevor er sich für die Beglaubigung besonders ausgeklügelter Sentenzen mit den Behörden selber ins Einvernehmen setzen musste."

Frau Wykunda versteht auf's Wort, wie der Herr Grotschy sie im Verhältnis zu dem Herrn Haydn einschätzt, obwohl sie bereits ganz klar zum Ausdruck gebracht hat, dass sie bei aller Aufmerksamkeit keinen Anspruch darauf erhebt, in irgendeiner Weise mit ihm verglichen zu werden, weswegen sie Herrn Grotschy gelobt, sich in Zukunft eines Kommentars zu enthalten, der den kleinen und

großen Grenzverkehr der Geschichte um die Wertbeständigkeit des Herrn Haydn schmälern könnte.

Grotschy gibt sich gemäßigt gnädig und fährt ungerührt fort:

„Es ist für den Herrn Haydn deshalb nur ein kleiner, aber konsequenter Schritt, die Modernisierung der klassischen Schellenbäume nach populärer Landesart voranzutreiben, indem er sie um einige Kompositionen erweitert, die er mit liturgischen Elementen römischer Herkunft versieht, so dass sie selbst bei durch und durch weltlicher Verwendung den Charakter einer stimmungsvollen Springprozession abgeben.

Seitdem werden seine Werke zur Unterstützung von Tischreden bis weit in den östlichen Orient hinein, wenn nicht eingesetzt, so doch vorrätig gehalten, gelegentlich sogar in angepasster Weise weiter entwickelt, was Haydn zugetragen wird, worauf er sich um Dokumentationsmaterial über solche Diwane bemüht und dafür seitens seiner Londoner Gastgeber Unterstützung erfährt.

Die Bevölkerung ist sowieso in vielen Lebensbereichen durchaus als sichtbar gesellig zu bezeichnen. Hauptsache, man kann sich vor Beginn eines zu erwartenden, aber noch nicht bestätigten gesellschaftlichen Ereignisses über Ombudsleute vergewissern, dass ein halbwegs gutes Verständnis für sprachliche Idiome und den angelsächsischen Humor erwartet werden darf, was nicht jedem ohne Verzögerung gegeben ist.

Wenn man sich etwas anstellig zeigt, kann man sich selbst bei suboptimalen Voraussetzungen im Laufe der Zeit einsehen, was das Einhören erleichtert und hat dabei prominente Vorbilder. Der Albert Einstein und Sigmund Freud stehen für zahlreiche andere Weltbürger, die unkonventionelles Lernen propagiert und in millionenfacher Vervielfältigung publiziert haben."

Frau Wykunda hat davon gehört und möchte sich mit einem konstruktiven Eigenbeitrag einbringen, was Herr Grotschy unwirsch bei Seite schiebt, indem er ihr ungezogen ins Wort fällt:

„Bis der Herr Haydn diese seine Kaffeehaus-Mentalitätsfähigkeiten zu seiner eigenen Zufriedenheit auf Englisch beherrscht, ist er weiter auf Entdeckungstour durch Groß London.

Er notiert für sich das Mehrsäulensystem des britischen Humors als reelle Chance, die sinnvolle Verwendung von Skurrilitäten in liebevoll gehegten Überlieferungen auch in Wien als erweiterte Kunstform zu testen.

Ornithologie ist ein Privileg und wird von der Staatskasse bezahlt, Tabakblätter sind geschützt, Tabatieren hingegen können bedenkenlos über den Ladentisch gehen, wenn sie zuvor von höchster Stelle empfohlen worden sind.

„Ja mei, rauchen darf man's nicht, wo bleibt denn nun der Wein?"

Wie auf Bestellung geht die Tür auf und ein Lohnkellner trägt auf einem Tablett ein Glas und eine Piccoloflasche Weißwein von unbekannter Herkunft herein, den Herr Grotschy sofort als unzumutbar zurückweist, weil das Korkenimitat aus Plastik bereits herausgedreht worden ist, wo doch jeder anständige Naturkorken erst am Tisch gezogen wird.

„Wegen der Hygiene", beeilt sich der Kellner zu erklären, als er meint, den Grund für die vehemente Ablehnung aufgespürt zu haben.

Herrn Grotschys Hals schwillt an, sein Kopf wird doppelt so rot und rund wie zuvor. Er ärgert sich maßlos und macht den alles bestimmenden Reisemarschall, indem er kurzerhand die Essensorder für sich und Frau Wykunda storniert.

Frau Wykunda wünscht das eigentlich zu beanstanden und hebt ihren Meldefinger, zieht sich jedoch verschreckt in ihren Sessel zurück, als Herr Grotschy eine Wienerisch klingende Suade an Maßregelungen über den Kellner ergießt, dass der die Flucht ergreift, so schnell es das Tablett und die Gläser zulassen. Die Flasche Wein hat er in die Hosentasche gesteckt.

„Sie haben wohl heute nicht gerade Ihren „Sozialen"! Wie würden Sie es finden, wenn man sich Ihnen gegenüber derartige verbale Entgleisungen leisten würde, wie Sie es gerade getan haben!", wagt sie sich nach ein paar Minuten vor.

„Das sehen Sie falsch! Die Würstl und Semmel werden auf dieser Strecke mit jeder Fahrpreiserhöhung kleiner und obendrein auch noch teurer. Das steht alles schon lange in keinem Verhältnis mehr. Vielleicht haben Sie nicht die nötigen Vergleichsmöglichkeiten, um die Ungeheuerlichkeit zu erfassen, die sich soeben vor Ihren Augen und Ohren abgespielt hat. Zusamm'geschiss'n hab' ich den Mistkerl, damit er's an die Verantwortlichen weiter gibt!"

Frau Wykunda mag das alles nicht abstreiten. Die Würstchen müssten für den ausgezeichneten Preis handgerollt sein und die Brötchen mit Agrarmedaillen dekoriertem Mehl aus der ersten Backstubenadresse des Lieferantenlandes kommen.

Ersatz gibt es aber so oder so nicht.

Sie ruft die Bedienung erneut herbei und bestellt stattdessen eine große Flasche

Selters. Herr Grotschy ist eingeladen, daran teilzuhaben, wenn der Oberkellner, der seinen verzankten Kollegen mit der Wein-, Wurst- und Semmelbestellung abgelöst hat, damit einverstanden ist, gegen einen kleinen Aufschlag zwei Wassergläser zu bringen. Es gibt einige Einwände und deren Zerstreuung, so dass sich eine positive Entwicklung abzeichnet.

Frau Wykundas Initiative scheitert dennoch, da Herr Grotschy in einem Fernschnellzug Selters immer aus Pappbechern trinkt, wie er abschließend kundtut und die hier nicht vorrätig sind, was ein Umdenken erfordert und Frau Wykunda auf zwei Flaschen erhöht.

Herr Grotschy findet das überflüssig und wenig weitsichtig, da das erhobene Pfand nur in einem Geschäft zurückerstattet wird. Er mag sich jedoch gerade jetzt nach der Auseinandersetzung um die Unvollkommenheit des Weinfläschchens nicht direktemang einmischen, sondern bewahrt sich eine Kommentierung für einen passenden Moment in den kommenden Stunden auf.

"Die erste Haupthaltestelle ist noch mehr als fünf Stunden entfernt, wenn wir keine gravierende Verspätung haben, die ich aber lieber nicht von Anfang an mit einkalkulieren möchte, damit wir uns hinterher nicht eilen müssen.

Nach meiner Meinung hätte der Herr Haydn überhaupt nicht nach London fahren dürfen. Das Wetter war derart garstig, dass er den ganzen Sommer gebraucht hätte, um die Niederschläge einigermaßen wieder aufzuholen.

Stattdessen hat er so lange gewartet, bis ihn eine Ahnung überkommen hat, dass er sich Richtung Heimat bewegen müsste und ist dann auf nach München, was schon damals die Hauptstadt von Bayern war.

Aber ich fang noch mal von vorn an, damit Sie ein Gefühl dafür kriegen, wie der Herr Haydn hat leiden müssen."

Après-London

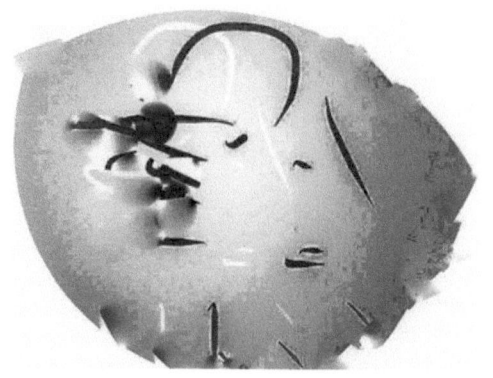

Frau Wykunda fühlt bereits jetzt mit. Seit ihrem letzten Besuch in London sieht sie aus lauter Sympathie mit den Londonern regelmäßig die Nachrichten der deutschen Wetterfee aus dem Londoner Studio, die als Frau vom Fach wertvolle Vergleiche zu meteorologischen Stationen im Commonwealth einflicht, um die verschiedenen Biorhythmen und vegetativen Nervensysteme abgleichen zu können.

Seitdem weiß Frau Wykunda allerdings auch, dass es in England zum guten Ton gehört, eine abstrakte Konversation grundsätzlich mit meteorologischen Befindlichkeiten der Geologen zu beginnen, wobei es einiger Überwindung bedarf, dabei standhaft an eine praktische Besserung zu glauben.

„Der Herr Haydn wird doch wohl gut genug vorbereitet gewesen sein?!"

Herr Grotschy antwortet nicht, obwohl er Frau Wykundas Frage sehr wohl vernommen hat und darüber gewissenhaft nachgedenkt, was er Frau Wykunda mit einem versteckten Vorwurf mitteilt.

„Der Herr Haydn ist für alle Eventualitäten präpariert und hat für den schlimmsten aller Wettergaus ein kleines Referat über das Gebaren der Wiener im Gepäck, falls sie ähnliche Unbill überkommen sollte wie die Londoner, was selbstverständlich unwahrscheinlich ist, aber man es ihm nachsieht, weil es halt Wienerisch ist und bleibt.

Wenn Sie die Güte hätten, es in voller Länge zur Kenntnis zu nehmen – bitte, hier ist der Wortlaut:

‚Moderne Antiquariate bieten Umzugskartons in neu oder gebraucht an, was abzuwägen gilt.

Gebrauchte Kartons sind oft wichtige Indizien und Quellen für weiterführende Gedanken, um die Ursache herauszufinden, warum trotz aller Fürsorge durch Souffleureinsatz des Personals das Interieur eines Kaffeehauses nach einer engagiert geführten, intellektuellen Auseinandersetzung mit physischem Einsatz als bewegliches Inventar abgebucht werden muss, was auf Leute, die nicht im einzelnen Kenner der Umstände sind, abstoßend wirken kann, obgleich dafür nicht die geringste Ursache ist.'

Herr Grotschy lässt Frau Wykunda ein paar Atemzüge Zeit, um die Ausführung mit einer Frage zu ehren, was nicht eintritt, so dass er unbehelligt weiter referieren kann:

‚Antiquariate sind auch immer geistige Öffner. Es ist bekannt, dass aus eben diesem guten Grund seriöse Betreiber wie Nutzer sich über die Leidenschaft für Antiquarisches hinaus Zierfische halten.'

Herr Grotschy atmet ein und atmet aus, wobei er völlig synchron leise mit den Ohren wackelt, als wären es Kiemen.

‚Sie erreichen bei allem Für und Wider eines Kaffeehauses oft ein begnadetes Alter...'

„Wer?"

Frau Wykunda hat einige Erfahrung mit Bauchrednern. Sie hat ihnen zugehört und sich sogar mit ihnen unterhalten. Ein Ohrenatmer mit beneidenswert gesunder Lungenfunktion, der in der Lage ist, den

Josef Haydn wie ein beredter Karpfen zu moderieren, ist jedoch auch für sie eine aufregende Premiere.

„...in dem sie bis zum Schluss unverdrossen weiter granteln dürfen, wenn ihnen die goldene Gabe des gekonnten Grantelns gegeben ist. Wer sich ihnen audiovisuell anschließen mag, lernt in der Regel ein Herz kennen", beschließt Herr Grotschy die Ausarbeitung des Herrn Haydn zu wetterbedingten Einflüssen auf eine juvenile wie auch vom Alterungsprozess gezeichnete Physis und

Psyche quer durch alle Bevölkerungsschichten Wiens und schnauft jetzt wie ein altes Dampfross, das eine hoch beladene Lore bergauf ziehen muss.

Herr Grotschy nimmt es dem werten Herrn Haydn ein wenig übel, dass er ihm bei diesem ergiebigen Bild vorgreift und beeilt sich, die gesteigerte Opulenz der Farbgebung wieder zu seinen Gunsten zu kanalisieren.

„Die Zusammenhänge zwischen einer Empfehlung für Lungenatmung durch Nasenwege bei gleichzeitiger Stimmbandbewegung, ohne das Zäpfchen überzustrapazieren, sind für Außenstehende in den wenigsten Fällen ersichtlich, weiß der Herr Haydn aus einigen ergiebigen Fußnoten im Schriftverkehr mit der medizinischen Musikverwaltung Wien und den Londonern Koryphäen zu berichten", erklärt Herr Grotschy mit dem Gestus eines spiritus rector der Musikgeschichtsforschung der in dieser Hinsicht wenig versierten Frau Wykunda zwingend wichtig und reißt damit die Kompetenz über die Berichterstattung wieder vollends an sich.

„*Fleet Street leistet aber seit etlichen Jahren umfangreiche Aufklärungsarbeit, die noch nicht abgeschlossen ist.*

Eine Vorliebe für Südfrüchte ist all überall unübersehbar, wie für alles, was auf die eine oder andere Art ohne Berücksichtigung von Staudenrückschnitt oder Zwiebeleinlagerung haltbar gemacht und im günstigsten Fall gar weiterverwendet werden kann.

Es gibt erwiesenermaßen berühmte Gemälde, die genau mit dieser Absicht von beiden Seiten bemalt worden sind und auch den Rahmen gestalterisch mit einbeziehen, so dass sich eine Verbindung wie zwischen allen vier Himmelsrichtungen mitsamt Längen- wie Breitengraden ergibt, was sich besonders auf unserer Strecke ausgewirkt haben würde, wo wir zunehmend ganz kurz vor einem Wechsel der Zeitzonen herfahren.

In London sind bereits seit Jahrhunderten ganze Kontinente auf den Beinen, was keineswegs unangenehm ist. Es ist immer ein Park in der Nähe, in den man ausweichen kann, um dort ganz für sich ein Picknick einzunehmen.

„Wie unterhaltsam!"

„Gnädige Frau, deshalb erzähl ich's!

Für Familienausflüge gibt es Koffer aus Korbgeflechten, die wie tragbare Esszimmer gestaltet sind und weiche Sitzunterlagen in praktischen Rollen mit Tragegriffen."

„Das könnte man hierzulande auch gut gebrauchen."

„Na, ich weiß nicht, heutzutage, wo's kaum noch bestallte Dienstleute gibt!"

Auch Frau Wykunda, die sich zur Selbstauflage gemacht hat, jeden Tag zu einem kleinen Prozentsatz ihren „Sozialen" zu haben, kann nicht leugnen, dass sie die betrieblich organisierten Handreichungen von damals auf Reisen vermisst.

„Dazu tut man sich auch noch gerne passende Kleidung an, wenn die Teilnehmerzahl die eins bei weitem übersteigt, weswegen Kombinationen beliebt sind, die allen Gegebenheiten gerecht werden", weiß Herr Grotschy zu erzählen.

Bei wenigen angesagten Luxusveranstaltungen dieser Art wird sogar Personal angeheuert, das für Gesellschaften das Notwenige - wie es in angelsächsischer Untertreibung heißt - in Tiefladern herbei- und auch wieder wegschafft, gelegentlich sogar an einem Sonntag, dessen Wichtigkeit einerseits sehr streng hochgehalten wird, dessen Werte andrerseits jedoch mit erstaunlicher Freizügigkeit gefüllt werden.

„Nationalfeiertage?"

„So warten's.

Jeder wirkliche Angelsachse zeigt dabei so viel Einsicht, dass es ohne groß angelegte Kampagnen als selbstverständlich gilt, Meere im allgemeinen und Tiefseen im Besonderen für Wichtigeres als für reines Vergnügen zu erachten und zu diesem Zweck, ohne zu murren, auf Strom und Land ausweicht. Dieser Sinn für höchste Bürgerpflicht gilt als angelsächsischer Geburtsschein, wofür Traditionen eine natürliche Rangfolge garantieren.

„Also doch."

„Nicht genau, eher eine nationale Prozession, weswegen der Herr Haydn ja hat teilnehmen

wollen, aber sich ganz hinten hat anstellen müssen, was er nicht gewohnt war und - wo er doch so ein Berühmter war - gar nicht gewusst hat, wie man das macht, ohne unversehens durch die unanständige Ellenbogenfreiheit anderer ins Hintertreffen zu gelangen."

Der Herr Grotschy hätte ihm eben nicht alles wie ein livrierter Lakai abnehmen sollen."

„Das hat der Maestro auch längst gesehen und Vorsichtsmaßnahmen ergriffen, die sogar noch darüber hinaus gingen und hat dem Grotschy zugesagt, dass nach seiner Rückkehr die leidige Personalfrage eine Neuordnung erfahren wird, so dass die Hauptaufgabe eines Sekretärs noch mehr Gewicht bekommt als zuvor."

„Der Herr Haydn hat in seiner bescheidenen Unterkunft relativ unweit vom Haymarket schon seinen Überseekoffer gepackt, um sich von Dover aus nach Calais übersetzen zu lassen und sich nach Paris zu begeben, wo er so gut wie unangemeldet die dortige Bohème des Montmartre zu studieren gedenkt, um die daraus gewonnenen Erkenntnisse zur späteren Auswertung und Überarbeitung mit nach Hause zu nehmen, als ihm eine Einladung überbracht wird, die er dahin gehend interpretiert, dass es sich um ein mehrstündiges Palaver auf hohem Niveau handelt, das von den ehrenwerten Gastgebern inszeniert und multipliziert wird."

„Aha", lässt sich Frau Wykunda vernehmen. „Da zeichnet sich ja schon einiges an einschneidenden Änderungen ab."

„Nicht direkt. Der Herr Haydn hat da so seine eigenen Vorstellungen. Er vermutet, dass Geistreiches in kostbaren Gläsern kredenzt wird, die von schweren Bestecken in Schach gehalten werden, damit die Gäste davon absehen, die Trinkpokale wie narrisch hinter sich zu werfen."

„Das wäre auch wirklich zu und zu schade!"

„Gnädige Frau, Sie sprechen mir aus dem Herzen! Meiner Treu - der Herr Haydn hätte das nie geduldet!

Er sagt für die Teilnahme an dem Gartenfest zu, packt wieder aus und lässt den Chauffeur rufen, der ihm bestätigt, dass es sich bei der Einladung um ein Gartenfest mit Ausdehnung über mehrere Morgen handelt.

Bald darauf lässt er sich zu dem angegebenen Anwesen kutschieren, was für ihn zu einem Erlebnis wie eine Winterreise mitten im Sommer in Daunen wird. Der in allen Facetten literarisch wie bildlich unzureichend dokumentierte Londoner Nebel verschönt die Unternehmung.

Der Herr Haydn überlegt, seine Eindrücke von Beginn an kompositorisch festzuhalten, kann jedoch weder seine Hand vor Augen sehen, noch sein Gepäck oder den Chauffeur, der sich mitsamt Gefährt bereits derart weit von ihm entfernt zu haben scheint, dass er in Erwägung zieht, sich in voller Montur in die Suppe zu begeben und darin so lange zu schwimmen, bis die Sicht klarer wird."

„Wie konnte der Haydn nur! Ich hätte da nicht mehr mitgespielt."

„Nun warten's doch ab. Der Herr Haydn ist sogar noch einfallsreicher als Sie, gnädige Frau. Was ihn davon abhält, seine Initialidee in die Tat umzusetzen, ist eine Nachricht, die er unlängst in einer Seitennotiz von mehreren Kolumnen gelesen hat und deren Resonanz in ihm beinahe mehr bewirkt, als die Stimme von Big Ben.

Demnach soll es angeblich gar nicht so selten vorkommen, dass Menschen sich im Nebel verschwimmen und unversehens an den Gestaden Frankreichs landen.

Dem Herrn Haydn wäre das nicht unangenehm gewesen, wenn er hätte sicherstellen können, dass sein Gepäck vor ihm da ist, so dass er sich noch umkleiden kann, bevor er sich in der französischen Bohème blicken lässt, die internationalem Vernehmen nach einen besonderen Stil pflegt und in ihren sorgsam getrimmten Reihen nur Neuzugänge von Weltruf sehen möchte.

„Wohl wahr! Ich bin gerade erst von da zurück."

Herr Grotschy mustert Frau Wykunda ungeniert.

„Bittschön, Sie sind eine Dame, da muss man andere Maßstäbe anlegen. Der Herr Haydn hat für die Anreise derbe Kniebundhosen vorgesehen, die ihm nun im Nebel gerade nicht zur Hand sind, weil er sich in seiner Wiener Tracht zu dem Fest begibt."

Frau Wykunda trägt weder eine Kniebundhose, noch eine Wiener Tracht, sondern eine Bundfaltenhose, eine Hemdbluse mit V-Ausschnittpullover darüber und einen Blazer. Alles Ton in Ton, was Herrn Grotschy veranlasst, seine Prahlerei mit der herrschaftlichen Ausstaffierung des seligen Herrn Haydn ein wenig auf anschauliches Normalmaß zurückzuschrauben.

„Der Herr Haydn nimmt trotz aller Widrigkeiten das Erlebnis als Lehrstück und übt sich in Gelassenheit, als er einsehen muss, dass sein Chauffeur unsichtbar bleibt. Vielmehr hält er

nach transparenteren Nebelflächen Ausschau und entdeckt sie nahe den U-Bahn-Eingängen.

Er hat noch ein paar von den Sechseckern und erwirbt mehr irgendwie als gezielt eine Fahrkarte in der Hoffnung, dass keine Kontrolle kommt und er bereits zu weit gefahren ist, ohne eingestiegen zu sein, was sein eigentliches Ziel ist, um doch zurück zu seiner Unterkunft zu streben und einen Neuanfang zu wagen."

„Wie unangenehm! Da steht man mitten im Nebel und hat noch nicht mal einen kleinen Schein bei sich!"

„Der Herr Haydn hat sich immer zu helfen gewusst!

Dort, in seiner Herberge angekommen, wartet der Chauffeur, ohne einen Pieps des Vorwurfs über den schauerlichen Alleingang vom Herrn Haydn und mit der unverbesserlich guten Nachricht, dass der Nebel in kürzester Zeit aufreißen wird.

Trotz aller Verspätung muss die geschätzte Pünktlichkeit beim Erscheinen zum Gartenfest noch immer nicht in Frage gestellt werden. Unwägbarkeiten ausgeschlossen.

Riesenrad

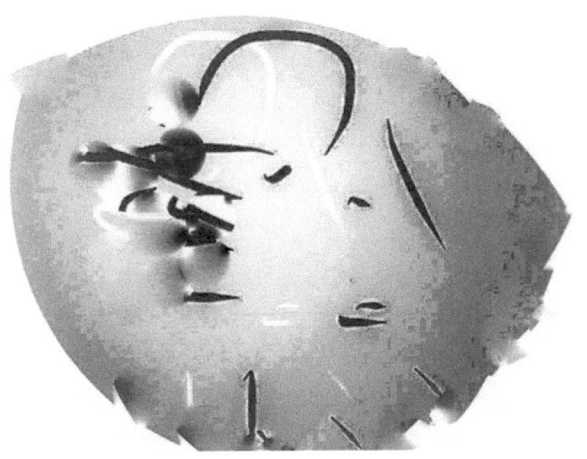

„Was passiert denn nun wirklich?" Frau Wykunda möchte sich auf keinen Fall den Höhepunkt von Herrn Grotschys Reportage entgehen lassen und sich rechtzeitig bemerkbar machen, bevor er in aller Unabsichtlichkeit vergisst, ihn ihr anzuvertrauen.

„Als ob das nicht schon genug gewesen wäre! Ich für meinen Teil, wenn ich der Herr Haydn gewesen wäre, wo ich nur der hiesige Grotschy bin, also ich wäre gar nicht auf mehr aus gewesen. Aber der Herr Haydn hat ja nie genug kriegen können."

„Es gibt solche Menschen. Die erleben immer mehr als andere."

„Immer mehr Watschn kriegen's!"

„Das ist nicht gerecht."

„Das wollte ich wohl meinen!"

„Möchten Sie vielleicht doch einen Schluck Mineralwasser?"

„So leicht ist das nicht!"

„Sie haben Recht. Darf ich Ihnen eine Flasche anbieten?"

„Das geht nimmer! Gnädige Frau, ich weiß nicht, wie ich Ihnen für Ihre Fürsorge danken soll, aber es fehlt der Pappbecher."

Frau Wykunda versteht. Herr Grotschy erzählt weiter:

„Das Gartenfest liegt im Nebel und der Herr Haydn lernt, dass kondensiertes Wasser völlig unberechenbare Verhaltensweisen zeigt, weswegen es mit Eisbergen verglichen werden kann, zwischen denen sich die Angelsachsen ganz allgemein zwar nicht gerne bewegen, aber wo sie unverändert viel in der Welt unterwegs sind, es doch mit einiger Umsicht tun, was sie anderen als globalen Beitrag voraushaben."

Frau Wykunda denkt an die Pappbecher. Herr Grotschy stimmt die Fortsetzung seiner Geschichte darauf ab:

„Dementsprechend lernt er seine Gesprächspartner beinahe anonym, aber dennoch mit zunehmender Intensität kennen.

Erstes Anzeichen der Besserung: Man verfehlt beim Zuprosten mit den Gläsern den direkten Tischnachbarn nicht mehr komplett und zeigt sich darüber beglückt, weil es den zarten Beginn einer Schönwetterperiode verspricht.

Das hab ich übrigens nicht jetzt erst erfunden, das wollte ich schon vorher erzählen, bevor Sie mir mit Ihrem Glaserl dazwischen gekommen sind."

Frau Wykunda glaubt Herrn Grotschy auf's Wort und klemmt die Flasche zwischen Sitz und Seitenpolster des Nachbarsessels. Das Glas stülpt sie oben drüber, nachdem sie es zur Hälfte mit einem sauberen Papiertaschentuch ausgestopft hat.

„Dann klötert es nicht so."

„Dankschön. Das kommt mir sehr entgegen. Ich bin lärmempfindlich geworden, seit ich mich mit den Funktionen der Botaniktrommeln von dem Herrn Haydn auseinandergesetzt habe."

Herr Grotschy wälzt sein privates Synonymlexikon hin und her.

„Ich wollte noch etwas zu den Erinnerungen vom Herrn Haydn sagen. So ein feudales Gartenfest ist ja selbst für Gesellschaftslöwen einen Sonderbericht wert, aber der Herr Haydn hat darüber rein garnichts verlautbaren lassen. Es ist nur überliefert, dass er sich wegen seiner Überfahrt von Dover nach Calais früher als alle anderen entschuldigte.

Noch ganz unter dem Eindruck des gesellschaftlichen Ereignisses, hat er noch schnell die Nachricht an den Grotschy gegeben, er möge ihm die relevantesten Namen von Britanniens oberen Zehntausend alphabetisch geordnet telegrafieren und sich dabei nach dem ‚Who is Who' richten.

Der Herr Haydn wollte daraus einen bildhaften Kanon mit Schellenbäumen, Trommeln, Posaunen, Pauken, Xylophon, Zimbeln, Solo und Chor komponieren.

‚Umgehende Erledigung!', notierte er über der Depesche mit zweifacher Unterstreichung. Und was macht er dann?"

„Keine Ahnung. Ihr Herr Haydn war ja wohl manchmal etwas unberechenbar."

„Das kann man so oder so sehen. Überlegen Sie doch mal: ‚Er schickt eine eilige Depesche.' Was schließen Sie daraus?"

„Ich weiß nicht, was ich daraus schließen soll. Ich bin ja nicht von dort. Ergo werden alle Rückschlüsse haarscharf daneben liegen. Das ist unbefriedigend. Ich wünschte, Sie würden sich die Antworten zu Ihren Fragen selber geben."

„Was würden denn Sie als Porzellan Doktorin in so einem Fall tun?", beharrt Herr Grotschy und riskiert, es sich für den Rest der Fahrt mit Frau Wykunda zu verscherzen.

„Ich würde auf die Antwort warten."

„Eben das tut der Herr Haydn nicht. Er lässt sich von seinem Chauffeur mit Pick und Pack nach Dover kutschieren."

Frau Wykunda findet das tadelnswert, was sie stumm zum Ausdruck bringt.

Herr Grotschy nimmt die CD nach den letzten Takten von Haydns Sinfonie Nr. 82 aus dem Player und lässt das soeben von ihm Vorgetragene nochmals Revue passieren, indem er versucht, einen Blick von den Lupinen- und Ginsterhängen an den Bahndämmen zu erhaschen.

„Schon zu Ende?"

„Gnädige Frau, das waren's bereits die zweite von vier CDs in einem Schuber. Die Kurz CD mit allen Applausschnitten kommt ganz zum Schluss.

Haben Sie gesehen – die Hänge der Bahndämme stehen in voller Blüte. Eine Pracht, wenn sie nur nicht so schnell vergehen würde. Wenn ich Glück habe, blühen hier auf der Rückreise die späten Heckenrosen."

„Kompliment! Ihre Überleitung wirft ein ganz anderes Licht auf Ihren Vortrag. Die Musik und das literarische Beiwerk passen perfekt zueinander. Authentischer könnte es kaum sein.

Sagen Sie, hat der Mozart neben Josef Haydn seine letzte Ruhe gefunden?

Für Herrn Grotschy als bekennendem Wiener wäre die Information an sich eine Kleinigkeit von „Ja" oder „Nein".

Emotional ist Frau Wykundas Formulierung jedoch eine nicht unerhebliche Herausforderung für den passionierten Haydnforscher, der er mit größtmöglicher Gerechtigkeit begegnen will:

„Der Mozart? Na, der Wolfgang Amadeus Mozart, der liegt dort nicht. Der hat's mit dem Marx gehabt. Schauen Sie, Wien hat so viele Bezirke."

„Wie Kaffeehäuser?"

„Das ist schwer zu sagen. Ich würde aber meinen, der Zentralfriedhof ist mit Abstand das größte Monument."

Frau Wykunda ist bewegt.

„Mögen Sie jetzt Wasser?"

„Aber gnädige Frau! Sie sollten haushalten! Vor uns liegt ja noch eine ziemliche Strecke. Vor dem Herrn Haydn übrigens auch, als er mit einiger Verspätung Dover erreicht und sich glücklich preisen kann, dass schwere Wetter den Kapitän des Schiffes dazu bewogen haben, noch nicht abzulegen."

Herr Grotschy simuliert die Situation in Dover glaubhaft, wobei er die Rolle des Kapitäns übernimmt und Frau Wykunda versichert, dass die Notbremse auf gar keinen Fall betätigt werden muss.

„Mitternacht ist schon vorbei, als sich die See soweit beruhigt, dass Passagiere und Gepäck an Bord gehen können und sich mit den Gegebenheiten dort vertraut machen. Doch der Herr Haydn hat konsequenterweise noch einmal umdisponiert. Er ist bereits auf dem Landweg unterwegs nach München."

„Hat er den Tunnel genommen?"

„Das fragen Sie den Herrn Haydn besser selber! Ich hätte das nimmer getan. Sowieso ist auf dem Landweg immer Salzburg dazwischen. "

Herr Grotschy fischt aus seinem Reisegepäck ein Stück Papier.

„Hier haben Sie etwas vom Herrn Haydn dazu, damit Sie es mir auch abnehmen, dass ich Ihnen unverfälschte Einblicke in die Interna des sehr geehrten Herrn Haydn und seinen Auftrag gebe. Selbstverständlich nur so weit, wie möglich. Das versteht sich aber wohl von selbst!"

‚Lieber Grotschy!

Es wird Sie nach meiner letzten Depesche nicht sonderlich überraschen, dass ich mich nach München begeben habe.

Ich konnte Ihre Antwort auf meine Eingaben zu einer Komposition über Pince-nez auf Schellenbaum und Zimbeln in vier Sätzen nicht abwarten und habe bereits zur Interimsnutzung den Chorus und die Soli weitgehend reduziert, so dass sich keine Konkurrenz von Blech und Gegenblech ergeben wird.

Zu alledem zog auch noch schweres Wetter über dem Ärmelkanal auf, ein aufwühlendes Erlebnis, was ich im Nachherein nicht missen möchte, zumal ich von einer Überfahrt nach Calais Abstand genommen habe und stattdessen schon einiges darüber in Noten setzten konnte.

Ich hatte bereits Gelegenheit, mich in London um geeignetes Stimmenmaterial für eine tragende Komposition zu bemühen, die ich nun zum Einsatz bringen werde.

Übrigens ist Ihre Antwort auf meine letzte Depesche mit Dringlichkeitsvermerk überfällig.

Illustre Namen, denen ich in Londons City und um Kensington herum wahrhaftig begegnet bin, scheinen mir inzwischen geeigneter für Adagios und Menuette als lexikalisches Wissen, dessen Sie sich bedienen müssen, um meine Bitte zu erfüllen, dennoch muss ich darauf bestehen, dass ich die angefragte Liste nunmehr ohne Verzögerung nach München gesandt bekomme.

Die weiteren Nachrichten sind erfreulicher und geben zu berechtigter Hoffnung Anlass, obwohl ich mich noch immer vergeblich um ein Dirigat bemühe.

„Das halte ich für ein Gerücht! Der Josef Haydn mit seinem Nimbus – da haben sich die großen Häuser doch bestimmt alle zehn Finger nach geleckt, den mal auf das Pult zu bekommen!"

„Gnädige Frau, das ist kein Gerücht, das ist hochgradig eine Blamage! Der Herr Haydn komponiert sich die Finger wund und die Leut' wissen nichts anderes zu tun, als sich darüber das Maul zu zerreißen. Wo er doch ein wenig schlampert war und nie eine Note so gesetzt hat wie die vorherige!"

„Hat der Herr Grotschy ihm das nicht abgewöhnen können?"

"Ganz im Gegenteil. Der Herr Haydn hat große Nachsicht geübt. So warten Sie, bis ich die entsprechende Stelle in seinem Brief an den Grotschy gefunden habe – da:

‚Dennoch bitte ich Sie, alles, was Ihnen darüber in Wien zu Ohren kommt, mit besonderer Aufmerksamkeit zu behandeln. Ein Gamsbart ist kein Moustache, und erst recht kein weicher!'"

„Wie kommt der Herr Haydn denn auf den Gamsbart?"

"Fragen Sie nur weiter, wenn Ihnen etwas auffällt, was für Sie ohne Erklärung keinen Sinn macht. Der Herr Haydn ist nämlich in München quicklebendig und man muss Hölle aufpassen, dass einem nicht irgendetwas durchgeht.

‚Messen und Märsche gehen gut', berichtet er an den Grotschy. ‚Alles, was ich in der Richtung vorrätig habe, muss kopiert werden. Veranlassen Sie das Notwendige!'"

Haydn mehrstellig

Frau Wykunda rutscht hin und her, nimmt einen Schluck Wasser zu sich, steht auf, entfaltet ein Handtuch, das ganz zu oberst in ihrer Reisetasche liegt und breitet es auf der Sitzfläche ihres Platzes aus.

Dann rollt sie ihre Schultern einerseits zur Lockerung der Muskulatur, andererseits, um zum Ausdruck zu bringen, dass die Ventilation doch wohl auf ihre Funktionstüchtigkeit zu überprüfen wäre.

„,*Der letzte Schliff fehlt*', nimmt Herr Grotschy Haydns Bericht aus München wieder auf.

‚Ich werde später alles nachholen, wenn ich mich hier im Zentrum davon überzeugen kann, dass englische Gärten gelegentlich um einiges besser sein können als ihr Ruf, wenn denn die Jahreszeit stimmt.

Es gibt nummerierte Liegestühle, bei denen man sich verabreden kann. Reservierungen gibt es nicht, so dass es einigen Verhandlungsgeschicks bedarf, um ihrer habhaft zu werden.

Im Großen und Ganzen wird das System von Angebot und Nachfrage zu Gunsten der Nachfrage angewandt, was zeitiges Erscheinen erfordert, weswegen Hausfrauen gleich nach dem Einkauf mit ihren Markttaschen und Hunden in den Park strömen und dort verweilen, bis Kind und Mann zu Hause versorgt werde müssen.

Komponisten und Künstler sind ebenfalls im Vorteil, was normalerweise ohne große Argumente oder unverschämte Forderungen nach Gegenleistungen akzeptiert wird, wenn keine dienstliche Parkaufsicht zu sehen ist.

Im gütlichen Einvernehmen mit Gärtnern und Gartennutzern stellen die Künstler die Staffeleien neben die Liegestühle und lassen ausgesuchte Literaten, denen ein Leseplatz sonst verwehrt bleiben könnte, exemplarisch Freiluft malen, woraus dann hier und da ganz entzückende ex libris entstehen, deren ich mich bereits angenommen habe.'"

„Paradiesische Zustände!" Frau Wykundas Zwischenruf klingt nach Neid.

„Der Herr Haydn war ein Bonvivant! Wer wollte ihm das bei all seinem Können verübeln?"

‚‚Um mein Wohlergehen brauchen Sie sich sonst keine Gedanken zu machen', schreibt er weiter an den Grotschy. ‚Mein morgendliches Betthupferl ist ein Stückchen Camembert mit Kronsbeeren oder eine kleine Ecke Tortenbrie zu Brioche.

Ich bin Ihnen so nah, dass dieser Brief Sie wahrscheinlich eher erreicht, als ich selber wieder daheim an meinem Pult stehe. Es fügt sich alles zum Besten. Sie werden es hören.

Der Kondensstreifen, den ich aus London bei mir führe, hat in Folge der Nähe zum Ärmelkanal seine Konsistenz leicht verändert, was mir vom hiesigen Zoll nach Rücksprache mit den englischen Kollegen eröffnet wurde.

Eine entsprechende Nachfüllmöglichkeit aus der Isar gibt es nicht ohne weiteres, weswegen ich einen Maria-Theresia-Thaler brauche. Ich bitte um schnellstmögliche Veranlassung der Übersendung. Die genaueren Umstände erkläre ich zu gegebener Zeit später.

Ich habe erst einmal mit allem Nachdruck widersprochen, was wirksam wird, wenn ich entweder die ursprüngliche Kondensdichte liefern kann, woraus sich ergibt, dass die Abweichung von der jetzigen nicht zollpflichtig ist, weil es sich nicht um ein re-importiertes bayerisches Produkt aus München handelt oder ich muss eine vorläufige Bearbeitungsgebühr entrichten, die der Zoll nach einer kurzen Quarantäne des jetzigen Kondensstreifens zurückerstattet. Das ganze Manöver ist etwas umständlich, scheint aber auf Erfahrung zu basieren.

Leben Sie wohl und bleiben Sie gesund!

Haydn'"

„So einer war der Haydn also!" Frau Wykunda kann einen Anflug von Missbilligung nicht verhehlen."

„*Was gefällt Ihnen denn daran nicht?"*

„Der Lebenswandel."

„*Na – auf keinen Fall. Der Herr Haydn hat schon einen auffälligen Lebensstil gehabt, aber den Lebenswandel hat er kaum merklich vollzogen.*

Sie haben's den Herrn Haydn eben nicht gekannt. Der war trotz aller Extravaganzen von Kopf bis Fuß bürgerlich."

„Ich hätte ihn dennoch nie kennen gelernt. Für so einen Luxus reicht meine eigene Bürgerlichkeit beim besten Willen nicht."

„Also, bittschön, gnädige Frau, wenn ich Sie darauf aufmerksam machen darf – heute Morgen habe ich Ihnen das Fußteil vom Sessel vis-à-vis herausgezogen, damit Sie mir bequem zuhören können."

Frau Wykunda ist diesem Argument kaum gewachsen, was sie zu ihrer eigenen Überraschung nicht so sehr ärgert als höchlich amüsiert.

„Es war Vormittag. Hat denn Ihr Herr Haydn wenigstens was von seinem losen Lebenswandel gehabt?"

„Also bittschön, warten's – ich erzähl es Ihnen. Sie werden sehen, er hat einiges erreicht damit. Seine Schaffenskraft blüht bereits in den ersten Tagen nach Ankunft in München auf, wie er selber verlautbaren ließ:

‚Zwei Hauptmerkmale scheinen die Menschen so stark zu verbinden, dass alles andere erst

zählt, wenn man darauf aufmerksam gemacht wird, was nicht so schnell passiert. Man küsst sich und grüßt Gott Straß' auf, Straß' ab.'"

Herr Grotschy wirft einen unmissverständlichen Blick herüber zu Frau Wykunda, die zwar nicht aus München, aber nach eigenem Bekunden immerhin aus Bayern stammt und legt nach:

„So volksnah wie der Herr Haydn war, grüßt er mit und küsst doch nur verhalten. Nicht, weil er es nicht anders gemocht hätte. Er will das bayerische Ritual zunächst genau beobachten, bis er sich ihm ganz hingibt.

Aber das nur am Rande, damit Sie den Herrn Haydn auch von dieser empfindsamen Seite besser kennen lernen."

„Frau Wykunda ist unentschieden, zumal sie es als sinnlos ansieht, sich mit derlei Annäherungen zu beschäftigen, wenn es keinen akuten Anlass gibt, was Herr Grotschy im Abteil nach wie vor weitgehend respektiert und sich nach einem mächtigen „Dona nobis pacem" von der CD zu Worte meldet.

Herr Grotschy räuspert sich.

"Das würde ich heut' anders formulieren, aber nehmen Sie bitte erst einmal vorlieb mit dem Eingespielten."

„Unmöglich! Man kann doch nicht einfach das ‚Dona nobis' abändern!"

„Gnädige Frau, ich kann dem nur beipflichten und Entwarnung geben. In München gibt es so ein Problem nicht. Was die gesamte Population über die Grußmodalitäten hinaus vereint, ist der Fön, der hier und da nicht unwesentlichen Einfluss darauf nimmt. Da heißt es auch für den Herrn Haydn gewaltige Abstriche machen.

In Wien begab sich der Herr Haydn nämlich jeden Morgen in einen Salon, wo er in den Genuss eines angenehm temperierten Wintergartens mit Glaskuppel auf dem Kopf kam. Frontseitig wies diese Novität ein Metronom auf, das zur harmonischen Abrundung des Trockenprozesses vom Nutzer adjustiert werden konnte, so dass aus einem Profanbau ein Haar trocknender Musikpavillon wurde, der zum Verweilen einlud. Er versorgte den Herrn Haydn über Stunden mit allem Wissenswerten, was die gängigen Zeitungen und deren begnadete Interpreten in einem Wiener Kaffeehaus nicht hergaben."

„Gibt es so etwas heute noch?" Frau Wykunda fasst sich unwillkürlich in ihre pflegeleichte Frisur.

„Aber ja! Die letzten Überlegungen gehen sogar dahin, zusätzlich zu den Wiener Kaffeehäusern, Wiener Salons in den Olymp der Donaumetropolitischen Charakteristika aufzunehmen.

Erste Schritte in diese Richtung sind getan. Espresso darf angeboten werden, alle anderen Stimulationsgetränke werden in Thermobehältern aus dem nächst liegenden Kaffeehaus beschafft.

Konzerte sind angedacht, scheitern jedoch zum gegenwärtigen Zeitpunkt an den unausgereiften Kugelgelenken mit Schwenktechnik der Hauben, um den Schall nach außen zu lenken. Ein Piano forte Impromptu würde wohl nicht überfönt werden können, aber ein Violineinsatz könnte schon um seinen Effekt gebracht werden.

Nun in München, stellt sich der Herr Haydn problemlos um und erwirbt einen bayerischen Haartrockner, der ihn darüber hinaus alsbald in die Lage versetzt, beinahe unerkannt vom Englischen Garten zum Hofgarten zu spazieren, wo außer den üblichen Nebengeräuschen keinerlei verpflichtende Melodien mit oder ohne Text zu kompositorischen Handlungen verleiten, die ihm irgendwann Unbehagen bereiten könnten."

„Der Fön ist aber nicht identisch mit dem Kondensstreifen?"

„Das muss der Herr Haydn ganz allein für sich entscheiden. Noch ist der Maria-Theresien-Taler ja nicht da. Ich könnte aber mal nachschauen, was ich da noch an Dokumentationen in der Richtung bei mir habe."

Frau Wykundas Herr Grotschy macht sich wieder in seinen Taschen und Köfferchen zu schaffen.

„Schauen Sie – hier ist der passende Brief."

Herr Grotschy gewährt Frau Wykunda persönlichen Einblick, indem er Haydns gestochen scharfen Federstrich präsentiert, der seinen Namenszug verrät und dann mit Pathos vorliest:

»Lieber Grotschy!

Was macht Dorsch & Dorsch?

München hat zahlreiche Gewässer im Umland, die als Standorte geeignet wären. Eine stoffliche Produktpalette könnte in aller Vielfältigkeit die Bedeutung von Dorsch & Dorsch wiedergeben.

Kunsthistorisch ist mir das in London bereits bei Tagesdecken für das Bett und anderen hochklassigen Textilien sowie als bildnerische Darstellung vom Mittelalter bis zum Rokoko untergekommen, ohne dass ich in Versuchung gekommen wäre, es dort im Eigenversuch auf einen musikalischen Testlauf ankommen lassen zu wollen.

Der Herr Händel hat bereits diesbezügliche Pionierarbeit geleistet, die unangefochten ist. In München, wo man sich mehr römisch orientiert, ist die Situation um ein Vielfaches günstiger für mich. Die Leute sind nicht nur relativ unempfindlich gegen Experimente, sie schreiben sich sogar bereits angenommene und abgeschriebene

Misserfolge als Triumpf auf das Banner, so dass selbst ein von Zweifeln erschütterter Künstler nicht aufgeben muss, bis in die höchsten Kreise um Aufträge vorstellig zu werden.

Das schönste Beispiel dafür ist Nymphenburg, zu dem ein Schienenverkehr führt, was ich sehr begrüße und noch mehr begrüßen würde, wenn die Haltestelle nicht so schnöde vernachlässigt daliegen würde. Die Papierkörbe quellen über.

Ich meine, Dorsch & Dorsch könnte genau hier einsetzen und etwas richtig Schmuckes gestalten.

Lassen Sie sich meine Idee durch den Kopf gehen und mich das diesbezügliche Resultat in absehbarer Zeit wissen.

Wohlergehen!

Haydn'"

„Über Nymphenburg hat er sich ja nicht gerade in epischer Länge ausgelassen", nörgelt Frau Wykunda, die Nymphenburg ganz oben auf ihrer Check-Liste von historisch relevanten Lieblingsschlössern mit Tafelgeschirr führt.

„Da haben Sie nicht recht zugehört. Er hat es mit der Unwegsamkeit gehabt. Aber warten Sie. Ich kann dazu noch mehr bringen. Der Herr Haydn hat einen Zustandsbericht hinterlassen, der Sie mit seiner Vernachlässigung von Nymphenburg versöhnen wird.

Hier – hören Sie:

‚Lieber Grotschy!

Dieser zweite Brief an einem Tag ist der Trennung von zwei Themen geschuldet, die nur im mittelbaren Zusammenhang zu sehen sind. Es gibt köstliche Wurstspezialitäten in München.

Als besondere Geste werden die dargebotenen Würste wegen ihrer Übergröße zu mundgerechten Stücken geschnitten und zum Zwecke einer intensiveren Aromaverbreitung an den beiden Enden stark abgeschrägt.

Danach werden sie mit kleinen, zweizinkigen Holzforken auf schlichten wurstförmigen Tellern serviert, die sogar aus gutem Markenporzellan sein können, wo hingegen ähnlich präparierter Fisch mit Dill und Schmand auf maritim ausgemaltes Glas gelegt wird, damit der Meeresspiegel zumindest virtuell erhalten bleibt.

Mit anderen Worten: Das bestellte Besteck ist zunächst nicht mehr von Nöten. Ich muss erst wieder daran denken, wenn ich das nächste Mal London ansteuere.

Eventuell mache ich mich vorher noch nach Paris auf, wo allemal anders eingedeckt wird als in London. Einzelheiten dazu später.

Ich begebe mich jetzt zur Theatinerstraße, um den Brief aufzugeben. Dort befinden sich die besten Droschken. Die Pferde haben hinten einen Auffangsack für den Mist. Wir müssen das unbedingt aufgreifen!

In Eile

Haydn'"

„Mist mit Auffangsack ist ein Thema von kaum zu überbietender Allgemeingültigkeit", befindet Frau Wykunda, was Herr Grotschy nicht bestreitet, so wie er in der vergangenen Stunde kaum mehr als sonst gekrittelt oder gestritten hat.

Im Abteil des Fernschnellzuges Berlin-Wien ist seltener Friede eingekehrt, den es zu erhalten gilt, weswegen weder Frau Wykunda noch Herr Grotschy sich über Mist unterhalten wollen.

Sie haben als Auffangsack dafür den Abfallkanister entdeckt, der für Kurswagen 771 nach Warschau und Moskau neben der Tür steht, die zur Zeit hinweislich zugesperrt ist. Frau Wykunda schließt daraus, dass es sich wohl um eine Strecke ähnlich wie zwischen Mähren und der Ukraine handelt, wo Kurswagen gelegentlich die Zugmaschinen wechseln und es den Fahrgästen ausdrücklich verboten ist, währenddessen an frischer Luft staatseigene Blumen zu pflücken.

Herr Grotschy stimmt Frau Wykunda nicht ausdrücklich zu und zieht es vor, mit der Fortsetzung eines neuen Kapitels seiner Ausarbeitung zu Meister Haydn im befreundeten Ausland ein hinreichend klares Bild zu konturieren, um Frau Wykundas so genanntes Böhmen-Mähren-Gefühl mit Feld, Wald und Wiesen soweit auszugleichen, dass keine Klagen zu erwarten sind, wenn es darum gehen sollte, unverwechselbare Wiedererkennungswerte als solche nicht plastisch genug hervorgehoben zu haben.

Als probates Mittel dafür sieht Herr Grotschy die unverdrossene Weiterbildung der Frau Wykunda auf wienerische Art:

„Musik wird zwar von Engeln gemacht, spielt aber oft genug auf der Straße. Das ist einer der Beweggründe, weswegen der Herr Haydn ausgezogen ist, in einem Feldversuch die Aussen- wie Innenwirkung in einigen europäischen Metropolen zu untersuchen.

Weder in London noch in München ist ihm das Unterfangen leicht geworden. Schon in Wien wusste man das im Voraus. Dort war man allgemein nicht gut auf London zu sprechen, in London speziell nicht gut auf München. Man hatte ihn wortwörtlich vor den Poltergeistern gewarnt, was er jetzt für stark übertrieben hält.

Über Paris hat man sich an der Spitze bedeckt gehalten, aber eine weiter führende Empfehlung zugesagt, wenn der Herr Haydn sie für notwendig erachten würde.

Auch der Grotschy hat sich schon diesbezüglich in gebotenem Abstand eingemischt, als der Herr Haydn ihm seine temporär gebundene Sorgenfreiheit mitteilt.

‚Vielleicht haben Sie, verehrter Maestro, die Güte, in den Brustton der Münchner hineinzuhören und ihn durchzukomponieren, was einer Sensation gleichkäme, mit der wir hier in Wien rechnen und dabei auf Sie zählen', umschmeichelt er den Maestro.

Ergebenst

Grotschy'"

„Sie zitieren tatsächlich aus einem Schreiben des Herrn Grotschy in Wien?" Frau Wykunda ist sich inzwischen noch sicherer denn zuvor, dass ihr Herr Grotschy sich mit dem Wiener Namensvetter ein wenig zu stark identifiziert.

„Das können sich gnädige Frau doch denken", braust Herr Grotschy kurz auf, nimmt sich aber sofort wieder zurück und setzt seine Einlassung zu dem persönlichen Gehakel zwischen Josef Haydn und dessen Sekretär gestenreich fort.

‚„Ihr Kenntnisreichtum ist groß genug, um unter den gefransten und geblümten Topfenpalatschinken von Münchenern verschwinden zu können, wenn es beliebt', depeschiert der Herr Haydn etwas gereizt zurück, worauf es der Grotschy vorzieht, sich darüber seine eigenen, nicht gerade leichten Gedanken zu machen und zum geschäftlichen Teil übergeht:

‚Ich bin für Dorsch & Dorsch in Freising fündig geworden. In München selber sind nur noch

Plätze im Hofgarten frei, die bis auf Weiteres nicht zur Disposition stehen. Erbitte umgehend Mitteilung, ob das genehm ist.'

Ergebenst!

Grotschy'

Der Herr Haydn stimmt dem Grotschy denn auch aus eigener Anschauung voll inhaltlich zu. Er hat sich im Hofgarten bereits einen Stammplatz erkoren und kann sich über mangelnde Zuvorkommenheit der lustwandelnden Münchener nicht beklagen.

Man lässt ihn weitgehend in Ruhe, flaniert schwatzend und kauend an ihm vorbei Richtung große Kunst in den zweiten Teil des Geländes und stellt ihm auch nicht nach, als er sich Münchener Urgestein nähert, das in einer dafür eigens eingerichteten Zone Maronen verkauft, wenn Italien liefert, was glücklicherweise der Fall ist."

‚Sie schauen so aus, als ob Sie ein begnadeter Maronenverkäufer sein könnten', macht der Maronenverkäufer unseren geehrten Herrn Haydn zur Hauptverkehrszeit in einer der angesagtesten Fußgängerzonen Münchens an.

‚Er kennen den?', fragt der Herr Haydn raffiniert anonym zurück.

Also, wissen Sie, gnädige Frau, der Herr Haydn war unübertroffen, wenn es darum ging, die Leute so zu überraschen, dass sie ihn beim besten Willen nimmer vergessen."

Frau Wykunda fehlt vorübergehend die erforderliche Vorstellungskraft, um die Spontaneität des Herrn Haydn mit Hingabe würdigen zu können, da sie traumweise vollends mit Klaviersonaten anderer Komponisten ausgebucht ist.

‚"Warum wählen Sie denn einen Tarnnamen, wenn Sie bei uns in München daher kommen, als wollten Sie nichts als Maronen verkaufen?'

Der Herr Haydn war mehr als verwundert über eine derart unhöfliche Nachfrage. Wäre er in Wien oder gar London gewesen, würde er gemeint haben, er wäre überaus konsterniert und würde die Konsequenzen daraus ziehen.

‚Was würde der Grotschy wohl an meiner Stelle antworten', überlegte er.

Wissen Sie, der Herr Haydn hat doch an dem Grotschy sehr gehangen, der ihm so viel Gutes getan hat, wenn der Herr Haydn von Wien weg war und alle Naselang nach ihm geschickt wurde und der Grotschy immer wissen musste, wo der Herr Haydn gerade ist und was ihn dort umtreibt, wo er es selber doch nur ahnen konnte und den Herrn Haydn trotzdem immer verteidigt hat, als stünde er genau hinter ihm."

Frau Wykunda kann das wärmstens nachempfinden und hätte von sich aus auch so gehandelt, wie sie ihrem Herrn Grotschy versichert, was der zufrieden als Erfolg seiner Erklärungen zum Verhältnis zwischen dem großen Komponisten und seinem Herrn Sekretär verbucht.

„Warten Sie. Es kommt noch besser. Ich lege noch eben die letzte CD ein."

„Musik?"

„Der Herr Haydn hat sich das nicht entgehen lassen können. Er kannte sich bei Aufständen im Hühnerhof aus, weswegen sich für ihn eine Donaufrage als solche nicht stellte.

‚Er versucht, ihre Zelebrität herunterzureden, würde der Grotschy mit großer Wahrscheinlichkeit mutmaßen, weil er fälschlicherweise in Richtung Hahnenkampf denkt', sagt sich der Herr Haydn mit kühlem Kopf. ‚Es steht zu befürchten, dass er nicht zahlen will.'

Das wäre auch dem Herrn Haydn unangenehm, weswegen er noch einmal genau in sich hinein hört, ob der Grotschy dieses Bauchgefühl Richtung Zahlungsunwilligkeit weiter begründet, kommt aber nicht mehr mit seinem Resonanzboden zurecht.

‚*Sie können bei mir einsteigen.'* Der Maronenverkäufer will unseren Herrn Haydn doch tatsächlich vor seinen Münchener Karren spannen.

‚*Wie das, bitteschön?", fragt der Herr Haydn erst mal rhetorisch. „Ich habe nie Maronen geröstet, weder mit noch ohne Schale.'*

‚*Ich muss mal eben rüber zur Trockenreinigung. Derweil bleiben Sie einfach vor meinem Maronenstand stehen und versuchen sich mit möglichen Käufern in Konversation.'*

‚*Bitteschön. Da lasse ich mit mir drüber reden, wenn alles andere draußen vor bleibt.'*

‚*Keine Verhandlung! Geben Sie mir als Pfand eine Münze. Dann sind Sie für heute bei dem Spaß dabei.'*

Der Herr Haydn hatte immer einen Schilling in der Jackentasche, den er aber niemals hergab."

„Da bin ich aber froh, dass Ihr Josef Haydn nicht so leichtsinnig war. Stellen Sie sich vor, er hätte bereits den Maria-Theresien-Taler gehabt und in seiner Laune, die ihn wohl in München häufiger überkommen hat, den kompletten Maronenstand gekauft und den Grotschy aus Wien als Bräter kommen lassen!"

„Dann wäre er von Sinnen gewesen und der Grotschy hätte ihn für verrückt erklärt und sich sofort nach München begeben, um ihm persönlich die Meinung zu geigen! Wie sich das angehört hätte, mag man sich gar nicht ausmalen! Aber halten Sie sich fest - der Deal kommt zustande."

Herr Grotschy umklammert seine Armlehne und behält Frau Wykunds genau im Visier.

„So halten Sie sich doch fest!"

Frau Wykunda bleibt nichts anderes übrig, als sich festzuhalten, weil Herr Grotschy jetzt im spannendsten Moment droht, sie mit dem Ausgang seiner Reportage allein zu lassen.

„Der Maronenverkäufer verschwindet in der Trockenreinigung mit der Fassade eines schmucklosen, mittelgroßen Supermarkts und einer Namensbezeichnung in kleinen Blockbuchstaben, während der Herr Haydn mit einem Blech voll warmer Maronen zurück bleibt und beschließt, sich den Einfallsreichtum des Originalmaronenverkäufers wahrhaftig zu eigen zu machen und hinter seiner eigenen Identität zu verschwinden, falls ihn jemand erkennen sollte. Wie lange er anpreisen soll, ist bei der Übergabe offen geblieben.

Der Herr Haydn weiß aber vom Grotschy, dass Trockenreinigungen manchmal in Verzug sind mit Terminlieferungen, was manchmal am Kunden liegt, der zu früh kommt.

‚Wir kennen uns‘, hört der Haydn gleich darauf jemanden hinter sich."

Herr Grotschy mahnt Frau Wykunda, den festen Griff um die Sessellehne ja nicht zu lockern.

Elle und Speiche

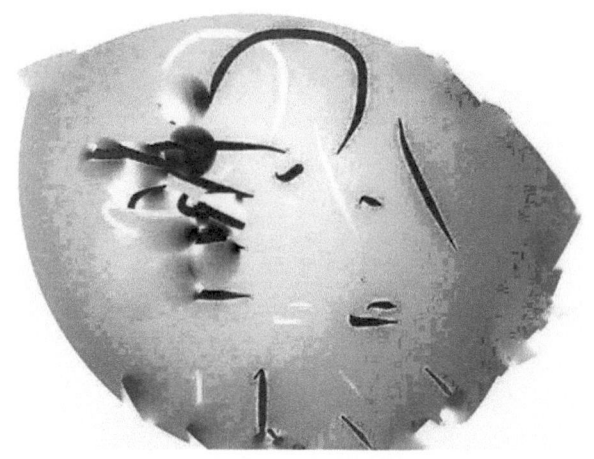

„Dem Herrn Haydn kommt die Stimme zwar entfernt bekannt vor, er beschäftigt sich jedoch nicht weiter damit und denkt sich immer noch in seine Aufgabe als Maronenanpreiser ein.

Frau Wykunda umklammert die Lehnen, Herr Grotschy genießt die Spannung, indem er kurz aufsteht.

Er überlegt, Frau Wykunda um Freigabe des Gangs zur Abteiltür zu bitten, um doch noch mal nach einem Service Ausschau zu halten, der zur Stärkung ein Stück Guglhupf oder ähnlich haltbares Backwerk bringen könnte, ist jedoch nicht sicher, ob Frau Wykunda kooperieren wird und setzt sich wieder hin, um sich mit unübersehbarer Konzentration in die CD einzuhören und die dort vorgetragene Moderation zu kommentieren.

„'Sind Sie das nicht der mit den Pince-nez?'

Gnädige Frau, erinnern Sie sich an die Erfindung vom Herrn Haydn in London? Nun stellen Sie sich seine Verwunderung vor, dass ihn mitten in eine der Münchener Hauptfußgängerzonen jemand auf das Pince-nez-Konstrukt für Musiker anspricht, das bisher ausschließlich für London und das anstehende Sinfoniekonzert dort reserviert war, was geheim gehalten wurde, wie nur etwas geheim gehalten werden kann."

Frau Wykunda erinnert sich, sogar, dass ein Konzert geplant war. Die Instrumente kann sie nicht aufzählen, aber bei den Zimbeln hatte sie gleich Bedenken, dass die mit einem Pince-nez zurecht kämen. Im Übrigen gäbe es keinen Guglhupf, sondern gebackenen Käsekuchen, der wahrscheinlich Herrn Grotschys Geschmack nicht treffen würde, da er ja auch bei Hendln sehr eigen ist.

Frau Wykunda hat Herrn Grotschy genau zugehört, wie er die Moderation kommentierte und wie es ihr schien, war auch der Herr Haydn nicht bei Guglhupf auf den Geschmack gekommen.

Herr Grotschy bestätigt das indirekt und fordert Frau Wykunda mit dramatischem

Ernst auf, nunmehr zu entspannen, damit sie die vollständige Geschichte in sich aufnehmen kann.

„Der Herr Haydn erkennt den Mann. Es ist sein Chauffeur aus London in Münchener Tracht. Loden von oben bis zur Mitte. Von da abwärts alles hirschledern. Die Wickelgamaschen fallen ihm als angenehm teilendes Element zwischen Ober- und Unterhirschleder ins Auge.

Und was macht er wohl, der Herr Haydn - er denkt an den Grotschy und beschließt, bei nächst bester Gelegenheit den Vergleich mit dem Topfenpalatschinken dahingehend zu modifizieren, dass er dem Grotschy die Wahl zwischen verschiedenen Topfen lassen möchte, um die Konfrontation von damals vor zwei Tagen zu entschärfen.

‚Möchten Sie übernehmen?', bietet der Haydn seinem Londoner Chauffeur an.

‚Ich habe aus London einen Flug-Kondensstreifen mit Giga Nebeleffekt mitgebracht,' antwortet der, was dem Herrn Haydn mehr als zu passe

kommt, weil sein eigener Kondensstreifen im bayerischen Freihafen zu München immer noch in Quarantäne ist."

Frau Wykunda lässt augenblicklich die Sessellehne ganz los und faltet die Hände im Schoß.

„So einfach geht das?"

„Ich habe stark verkürzt."

„Dann bin ich ja beruhigt."

„Sie müssen's halt warten, was der Herr Haydn gesagt hat.

‚Dann stellen Sie sich bitteschön zentral vor mich.', dirigiert er seinen Londoner Chauffeur mit dem Kondensstreifen um.

‚Vorher sagen Sie mir, bittschön, was Sie dafür bekommen. Ich habe zur Zeit nicht einen Pence und bin, anders als in London, wo ich angemeldet und erwartet wurde, hier in München als Privatier unterwegs. Die Sphäre möchte ich solange wie möglich erhalten.

Mein Sekretär in Wien wird zu gegebener Zeit Abhilfe schaffen.'

‚*Also unter der Hand?', fragt der Engländer zurück.*"

„Unter welcher Hand?", fragt Frau Wykunda spitz, was Herr Grotschy als Aufforderung versteht, in seiner wirklichkeitsnahen Schilderung nicht nachzulassen.

‚„*Das wäre mir unangenehm. Entweder später oder gar nicht', bekennt der Herr Haydn ganz ehrlich.*

‚*Kundschaft! Treten Sie hinter mich!'*

Also, aufgepasst hat der Herr Chauffeur schon! Er hat aber nicht mit der Eigensinnigkeit vom Herrn Haydn gerechnet, der darauf besteht, sich für die Gefälligkeit irgendwie erkenntlich zu zeigen, aber der Herr Chauffeur bleibt hart wie schwarzer Carrara. Eine Verewigung in einer Komposition schon, aber sonst...

‚*Ich muss trotz großer Bedenken widersprechen. Sie sind Maestro Haydn und stehen hinter mir. Ich komme aus London und stehe vor Ihnen.*

Ich verkaufe Maronen. Der Netto Ertrag wird korrekt seinen Bestimmungen zugeführt. Selbst nach fachkundigen Konsultationen würde kein anderes Ergebnis erzielt werden."

Frau Wykunda fühlt sich durch die Erwägungen nicht angesprochen.

„Einige Münchener haben sich in sicherem Abstand um den Maronenstand eingefunden.

‚Gnädige Frau, würde es Ihnen das Verständnis erleichtern, wenn ich zukünftig als Erläuterung ansage, wer die wörtliche Rede an wen richtet?'"

Herr Grotschy befindet sich in dem Dilemma, mehr als zwei Sprechrollen übernehmen zu müssen.

„Sie können ja die Betonung anders akzentuieren, dann merke ich es schon."

„‚Sie wünschen?'

‚Wieviel?'

‚Wie immer.'"

Herrn Grotschys Stimme eiert, bis sie sich nach einigen Fehlversuchen wieder auf Normal Bariton einpendelt.

„Was ich Ihnen sage, genau in dem Moment kommt der Originalmaronenverkäufer aus der Trockenreinigung zurück, reibt sich die Hände und übernimmt.

Der Herr Haydn als sein zeitweiser Statthalter und der zeitweise Statthalter vom Herrn Haydn verabschieden sich.

Der Herr Haydn bekommt ein Tütchen Maronen geschenkt und reicht sie an seinen Londoner Chauffeur weiter, als sie bereits außer Hörweite vom Originalmaronenverkäufer in trocken gereinigter Standeskostümierung sind. Die Angströhre hatte gefehlt. Nun ist der Profi komplett.

‚Statt Pence,' lässt sich Herr Grotschy in der Rolle des Herrn Haydn im schwankenden Timbre eines nach oben hin überstrapazierten Bassbaritons vernehmen und deutet mit ironisch übertriebener Handbewegung das Ziehen eines würdig hohen Hutes an.

‚Sehr wohl.'

Der kopflastige Nasalton des Londoner Chauffeurs kommt Herrn Grotschy derart schwerfällig über die Lippen, dass Frau Wykunda nur mit Mühe ein Kichern unterdrücken kann, was Herr Grotschy zum Anlass nimmt, den Herrn Haydn

"Fast wie ein Schellenbaum" antworten zu lassen.

"So würde ich das nicht sehen. Eher wie ein Pince-nez. Im Übrigen stehe ich bei Bedarf als Modell zur Verfügung."

Herr Grotschy hält sich dabei die Nase zu, um ohne steife Oberlippe etwas britischer schnarren zu können.

"In London sind Agenturen Gang und Gäbe", weiß Herr Grotschy und fügt diese Erklärung vorsichtshalber in entzerrter Sprechweise an, so dass Frau Wykunda sich bereits glücklich preist, bis jetzt der Vorstellung mit dem Ausdruck freudig erregter Aufmerksamkeit über einige Stunden gefolgt haben zu können.

Sie hat nicht ins Kalkül gezogen, dass auch Herr Grotschy zwischen mehreren Sprechrollen tief durchatmen muss, um sich auf die jeweils nächste neu einzustellen. Das Schauspiel geht weiter.

‚*Bitteschön. Ich würde jetzt gerne etwas schreiben. Könnten Sie mir den Flug-Nebelstreifen kostenlos überlassen?*'

‚Leihweise, wenn es genehm ist. Das ist bei Giga überall so üblich.'

‚Gesetz den Fall, dass ich damit einverstanden bin - wo ist die Sammelstelle, um das Kondensat zurückzugeben?'

Und was meinen Sie, was der Herr Haydn jetzt denkt? Richtig!

‚Was würde der Grotschy sagen? Ohne Handel annehmen oder nicht annehmen?'

Aber der Herr Haydn weiß es schon selbst."

Herr Grotschy macht eine Kunstpause.

„‚Darf ich darauf zurückkommen, wenn ich die Wetternachrichten gehört habe?', bietet er seinem Londoner Chauffeur an."

Kunstpause.

„‚Ganz nebenbei – ich bin gekommen, um Sie nach London zu bitten', ist die Antwort. ‚Die Proben für das Konzert beginnen. Darf ich Sie bitten, mir zu folgen.'"

Prolongierte Kunstpause. Dann:

„Die Studios sind allerdings geschlossen. Die Medienstation baut eine Klimaanlage ein. Sie müssten daher in einer Arena mit den Ventilatoren vorlieb nehmen."

Herr Grotschy entlässt seine Nase aus der Umklammerung und mutiert wieder zum zwanglosen Erzähler:

„Der Herr Haydn bedankt sich und versichert, dass er sich mit Ventilatoren bereits auskennt. Er könne einen eigenen mitbringen."

„Soll er?"

Frau Wykunda hofft, dass Herr Grotschy sich dazu durchringen kann, sie nunmehr von der übergroßen Spannung zu befreien, die seine Kunstpausen erzeugt haben, was nicht der Fall ist.

Der Zug schiebt sich mit dem Tremolo eines Wellenbrechers über die Schienen. Herr Grotschy würde gerne, aber kann nicht weiter referieren. Die Musik ist ohnehin nur noch eine wehmütig leise klingende Geräuschkulisse. Für einen langen Moment scheint nichts mehr zueinander zu passen.

Irre ich mich oder fährt der Zug tatsächlich langsamer?"

"Gnädige Frau, Sie sind gerad' rechtzeitig aufgewacht. Der nächste Halt ist Wien."

„Ich habe meinen Reiseplan geändert. Die Besichtigung von Lomonossow vertage ich auf später. Ad hoc-Entscheidungen sind sonst nicht meine Art, aber Sie haben mich überzeugt, dass ich derzeit andere Prioritäten setzen muss. Ich denke an das Kunsthistorische Museum."

"Bitteschön – das freut mich. Dann wünsch' ich Ihnen viel Vergnügen in Wien. Ich selber fahre bis Warschau und komme später nach. Vielleicht begegnen wir uns ja zufällig in Höhe der Hofburg auf dem Graben – Küss' die Hand, gnädige Frau!"

Herr Grotschy - ganz Kavalier- ist aufgestanden und trägt Frau Wykunda das Gepäck in den Korridor.

"Nur zur Abrundung des derzeitigen Wissensstandes zwei besondere Depeschen, die ich Ihnen auf keinen Fall vorenthalten darf.

Die eine ist vom Herrn Haydn aus London, wo er schon wieder im Besitz eines provisorischen Kondensstreifens aus Londoner Sommerfrühnebel nahe Covent Garden ist, ohne Gelegenheit gehabt zu haben, seinen alten aus der Münchener Zoll Quarantäne zu holen.

Die andere Depesche ist vom Grotschy, der bereits Himmel und Hölle in Bewegung gesetzt hat, damit der Herr Haydn spätestens in Wien seinen alten Kondensstreifen zurück erhält."

Frau Wykunda nimmt das Dokument etwas unwillig entgegen und liest, indem sie ihre Brille bis zur Nasenspitze vorrückt:

„Lieber Grotschy!

Nichts für ungut – wie weit ist München von Paris?

Wohlergehn!

Haydn"

Sie reicht das Schriftstück wortlos zurück.

„Hätten Sie das gedacht?"

Frau Wykunda hätte es keineswegs gedacht, zumal sie in Gedanken bereits in einem Wiener Kaffeehaus irgendwo in der neuen Altstadt Wiens sitzt, womit Herr Grotschy im Vertrauen auf ihre Begeisterungsfähigkeit gerechnet hat und sich bemüßigt fühlt, ihr noch etwas mehr Denkfutter mit auf den Weg zu geben.

„Bevor Sie gleich einem der traditionellen Wiener Kaffeehäuser die Ehre geben, hier noch die sibyllinische Antwort vom Grotschy, deren Gehalt später immer wieder Geschichte schreibt, ohne dass er es darauf abgesehen gehabt hätte:

‚Hoch verehrter Maestro!

In Beantwortung Ihrer Frage zu der Entfernung München-Paris antworte ich Ihnen nach intensivem Studium gerne, dass sie nicht weit genug ist.

Ergebenst!

Grotschy'"

Der Fernschnellzug Berlin-Wien hat seine Destination erreicht und Kurswagen 771 nach Warschau und Moskau mit Herrn Grotschy an Bord bekommt eine neue Lokomotive, bevor die Weiterreise über Böhmen und Mähren tiefer in Europas Osten führt.

„Das nächste Mal."

„Vergessen Sie den Herrn Haydn nicht, gnädige Frau – Richtung Schottenstift haben Sie eine an Sicherheit grenzende Gewissheit, ihn in personam anzutreffen. Leben Sie wohl! Am besten, Sie nehmen die Tram, da haben Sie insgesamt mehr von Wien."

Bitte umblättern®

Ordinarius Veccius

Illustration© zu „Durch & Durch Haydn"

Bild	Seite
Garten	9
Medaillon	10
Baumhaus	14
Brötchenapporteur	18
Unterwegs im Grünen	24
Querflöte und Pauke	30
Passfoto 1.2	34
Passfoto 1	39
Melodie d'argent	40
Demosthenes und sein Prof	41
Nach dem Landgang	42
E 15	47
Brief nach Makedonien	52
Spaziergang im Winter	62
Podiumsgespräch	67
Ermou	68
Baumhaus 2	79
Reisefertig	80
Neugieriger Blick	88
„2"	93
Besuch in Nymphenburg	98
Erster	105
Arkarden	113

Fortsetzung von Seite 200

Bild	Seite
Schwebendes Verfahren	121
Haydn E 4	126
Ice Hockey	132
Nach der Rettung	138
Ohrensessel	148
Schaffung neuer Website	152
Schwanensee rund	153
Primavera	165
Drei Musiker - Collage	173
Schön	179
Intarsien rund und weiß	186
Arien	192
Wir bauen für Sie	197
Urbs und der Kondensstreifen	199

Weitere Bücher von Irene Pietsch im Mandamos Verlag UG (haftungsbeschtänkt)

DoKa

Landarzt mit Zukunft, Russlands Beitrag zur Kultur Europas in Modest P. Mussorgskys „Bilder einer Ausstellung", ist außerdem Dramaturg des großen Rätselratens um Nachspielzeiten in seiner bewegten Familiengeschichte, die er versucht, mit Mussorgskys Hilfe aufzudecken.

Paperback ISBN 978-3-946267-03-4
Hardcover ISBN 978-3-946267-04-1
e-Book   ISBN 978-3-946267-05-8

ggg.plattform.ka

ist eine gewollte Satire.

Götter in Eile. Götter unter Erfolgsdruck. Engelsgleiche Geduld liegt ihnen nicht besonders, weswegen sie selber außerirdischer Hilfe bedürfen, um sich auf Erden beweisen zu können.

Paperback ISBN 978-3-946267-06-5
Hardcover ISBN 978-3-946267-07-2
e-Book   ISBN 978-3-946267-08-9

Gestatten, mein Name ist Urbs

Urbs ist Gesandter in geheimem Auftrag einflussreicher Persönlichkeiten, um Lebensgewohnheiten vor Ort zu untersuchen. Dabei stößt er auf einen verdächtigen Handel mit Innovationen.

Paperback ISBN 978-3-946267-09-6
Hardcover ISBN 978-3-946267-10-2
e-Book   ISBN 978-3-946267-11-9

Der kleine Mecklenburger

Ordinarius Villanova und Ordinarius Veccius machen sich auf den Weg, um den östlichen Nachbarn kennen zu lernen und erleben ein Konzert aus großem Theater, Oper und Kabarett.

Paperback ISBN 978-3-946267-12-6
Hardcover ISBN 978-3-946267-13-3
e-Book   ISBN 978-3-946267-14-0